Edgar Allan Poe

Die Maske des roten Todes

und andere Erzählungen

(Großdruck)

Edgar Allan Poe: Die Maske des roten Todes und andere Erzählungen (Großdruck)

Die Maske des roten Todes:

Erstdruck in: Graham's Magazine, Mai 1842.

Hinab in den Maelström:

Erstdruck in: Graham's Magazine, Mai 1841.

Die Brille:

Zuerst veröffentlicht in: »Dollar Newspaper«, 27. März 1844.

Des wohlachtbaren Herrn Thingum Bob:

Zuerst veröffentlicht in: »Southern Literary Messenger«, Dezember 1844.

Neuausgabe mit einer Biografie des Autors

Herausgegeben von Theodor Borken

Berlin 2021

Der Text dieser Ausgabe folgt:

Edgar Allan Poes Werke. Gesamtausgabe der Dichtungen und Erzählungen, Band 5: Phantastische Fahrten. Herausgegeben von Theodor Etzel, Berlin: Propyläen-Verlag, [1922].

Edgar Allan Poes Werke. Gesamtausgabe der Dichtungen und Erzählungen, Band 6: Scherz- und Spottgeschichten. Herausgegeben von Theodor Etzel, Berlin: Propyläen-Verlag, [1922].

Umschlaggestaltung von Thomas Schultz-Overhage unter Verwendung des Bildes: Aubrey Beardsley, The mask of the red death, o.J.

Gesetzt aus der Minion Pro, 16 pt, in lesefreundlichem Großdruck

ISBN 978-3-8478-5325-1

Bibliografische Information der Deutschen Nationalbibliothek: Die Deutsche Nationalbibliothek verzeichnet diese Publikation in der Deutschen Nationalbibliografie; detaillierte bibliografische Daten sind im Internet über www.dnb.de abrufbar.

Henricus - Edition Deutsche Klassik GmbH, Berlin

Herstellung: Books on Demand GmbH, Norderstedt

Inhalt

Die Maske des roten Todes

Lange schon wütete der ›Rote Tod‹ im Lande; nie war eine Pest verheerender, nie eine Krankheit gräßlicher gewesen. Blut war der Anfang, Blut das Ende – überall das Rot und der Schrecken des Blutes. Mit stechenden Schmerzen und Schwindelanfällen setzte es ein, dann quoll Blut aus allen Poren, und das war der Beginn der Auflösung. Die scharlachroten Tupfen am ganzen Körper der unglücklichen Opfer – und besonders im Gesicht – waren des Roten Todes Bannsiegel, das die Gezeichneten von der Hilfe und der Teilnahme ihrer Mitmenschen ausschloß; und alles, vom ersten Anfall bis zum tödlichen Ende, war das Werk einer halben Stunde.

Prinz Prospero aber war fröhlich und unerschrocken und weise. Als sein Land schon zur Hälfte entvölkert war, erwählte er sich unter den Rittern und Damen des Hofes eine Gesellschaft von tausend heiteren und leichtlebigen Kameraden und zog sich mit ihnen in die stille Abgeschiedenheit einer befestigten Abtei zurück. Es war dies ein ausgedehnter prächtiger Bau, eine Schöpfung nach des Prinzen eigenem exzentrischen, aber vornehmen Geschmack. Das Ganze war von einer hohen, mächtigen Mauer umschlossen, die eiserne Tore hatte. Nachdem die Höflingsschar dort eingezogen war, brachten die Ritter Schmelzöfen und schwere Hämmer herbei und schmiedeten die Riegel der Tore fest. Es sollte weder für die draußen wütende Verzweiflung noch für ein etwaiges törichtes Verlangen der Eingeschlossenen eine Türe offen sein. Da die Abtei mit Proviant reichlich versehen war und alle erdenklichen Vorsichtsmaßregeln getroffen worden waren, glaubte die Gesellschaft der Pestgefahr Trotz bieten zu können. Die Welt da draußen mochte für sich selbst sorgen! Jedenfalls schien es unsinnig, sich vorläufig bangen Gedanken hinzugeben. Auch hatte der Prinz für allerlei Zerstreuungen Sorge getragen. Da waren Gaukler und Komödianten, Musikanten und Tänzer – da war Schönheit und Wein. All dies und dazu das Gefühl der Sicherheit war drinnen in der Burg – draußen war der Rote Tod.

Im fünften oder sechsten Monat der fröhlichen Zurückgezogenheit versammelte Prinz Prospero – während draußen die Pest noch mit ungebrochener Gewalt raste – seine tausend Freunde auf einem Maskenball mit unerhörter Pracht. Reichtum und zügellose Lust herrschten auf dem Feste. Doch ich will zunächst die Räumlichkeiten schildern, in denen das Fest abgehalten wurde.

Es waren sieben wahrhaft königliche Gemächer. Im allgemeinen bilden in den Palästen solche Festräume – da die Flügeltüren nach beiden Seiten bis an die Wand zurückgeschoben werden können – eine lange Zimmerflucht, die einen weiten Durchblick gewährt. Dies war hier jedoch nicht der Fall. Des Prinzen Vorliebe für alles Absonderliche hatte die Gemächer vielmehr so zusammengegliedert, daß man von jedem Standort immer nur einen Saal zu überschauen vermochte. Nach Durchquerung jedes Einzelraumes gelangte man an eine Biegung, und jede dieser Wendungen brachte ein neues Bild. In der Mitte jeder Seitenwand befand sich ein hohes, schmales gotisches Fenster, hinter dem eine schmale Galerie den Windungen der Zimmerreihe folgte. Diese Fenster hatten Scheiben aus Glasmosaik, dessen Farbe immer mit dem vorherrschenden Farbenton des betreffenden Raumes übereinstimmte. Das am Ostende gelegene Zimmer zum Beispiel war in Blau gehalten, und so waren auch seine Fenster leuchtend blau. Das folgende Gemach war in Wandbekleidung und Ausstattung purpurn, und auch seine Fenster waren purpurn. Das dritte war ganz in Grün und hatte dementsprechend grüne Fensterscheiben. Das vierte war orangefarben eingerichtet und hatte orangefarbene Beleuchtung. Das fünfte war weiß, das sechste violett. Die Wände des siebenten Zimmers aber waren dicht mit schwarzem Sammet bezogen, der sich auch über die Deckenwölbung spannte und in schweren Falten auf einen Teppich von gleichem Stoffe niederfiel. Und nur in diesem Raume glich die Farbe der Fenster nicht derjenigen der Dekoration: hier waren die Scheiben scharlachrot – wie Blut.

Nun waren sämtliche Gemächer zwar reich an goldenen Ziergegenständen, die an den Wänden entlang standen oder von der Decke herabhingen, kein einziges aber besaß einen Kandelaber oder Kronleuchter. Es gab weder Lampen- noch Kerzenlicht. Statt dessen war draußen auf der an den Zimmern hinlaufenden Galerie vor jedem Fenster ein schwerer Dreifuß aufgestellt, der ein kupfernes Feuerbecken trug, dessen Flamme ihren Schein durch das farbige Fenster hereinwarf und so den Raum schimmernd erhellte. Hierdurch wurden die phantastischsten Wirkungen erzielt. In dem westlichsten oder schwarzen Gemach aber war der Glanz der Flammenglut, der durch die blutig roten Scheiben in die schwarzen Sammetfalten fiel, so gespenstisch und gab den Gesichtern der hier Eintretenden ein derart erschreckendes Aussehen, daß nur wenige aus der Gesellschaft kühn genug waren, den Fuß über die Schwelle zu setzen.

In diesem Gemach befand sich an der westlichen Wand auch eine hohe Standuhr in einem riesenhaften Ebenholzkasten. Ihr Pendel schwang mit dumpfem, wuchtigem, eintönigem Schlag hin und her; und wenn der Minutenzeiger seinen Kreislauf über das Zifferblatt beendet hatte und die Stunde schlug, so kam aus den ehernen Lungen der Uhr ein voller, tiefer, sonorer Ton, dessen Klang so sonderbar ernst und so feierlich war, daß bei jedem Stundenschlag die Musikanten des Orchesters, von einer unerklärlichen Gewalt gezwungen, ihr Spiel unterbrachen, um diesem Ton zu lauschen. So mußte der Tanz plötzlich aussetzen, und eine kurze Mißstimmung befiel die heitere Gesellschaft. So lange die Schläge der Uhr ertönten, sah man selbst die Fröhlichsten erbleichen, und die Älteren und Besonneneren strichen mit der Hand über die Stirn, als wollten sie wirre Traumbilder oder unliebsame Gedanken verscheuchen. Kaum aber war der letzte Nachhall verklungen, so durchlief ein lustiges Lachen die Versammlung. Die Musikanten schämten sich lächelnd ihrer Empfindsamkeit und Torheit, und flüsternd vereinbarten sie, daß der nächste Stundenschlag sie nicht wieder derart aus der Fassung bringen solle. Allein wenn nach wiederum sechzig Minuten (dreitausendsechshundert Sekunden der flüchtigen Zeit) die Uhr von neuem anschlug, trat dasselbe allgemeine Unbehagen ein, dasselbe Bangen und Sinnen wie vordem.

Doch wenn man hiervon absah, war es eine prächtige Lustbarkeit. Der Prinz hatte einen eigenartigen Geschmack bewiesen. Er hatte ein feines Empfinden für Farbenwirkungen. Alles Herkömmliche und Modische war ihm zuwider, er hatte seine eigenen kühnen Ideen, und seine Phantasie liebte seltsame glühende Bilder. Es gab Leute, die ihn für wahnsinnig hielten. Sein Gefolge aber wußte, daß er es nicht wahr. Doch man mußte ihn sehen und kennen, um dessen *gewiß* zu sein.

Die Einrichtung und Ausschmückung der sieben Gemächer war eigens für dieses Fest ganz nach des Prinzen eigenen Angaben gemacht worden, und sein eigener merkwürdiger Geschmack hatte auch den Charakter der Maskerade bestimmt. Gewiß, sie war grotesk genug. Da gab es viel Prunkendes und Glitzerndes, viel Phantastisches und Pikantes. Da gab es Masken mit seltsam verrenkten Gliedmaßen, die Arabesken vorstellen sollten, und andere, die man nur mit den Hirngespinsten eines Wahnsinnigen vergleichen konnte. Es gab viel Schönes und viel Üppiges, viel Übermütiges und viel Groteskes, und auch manch Schauriges – aber nichts, was irgendwie widerwärtig gewirkt hätte. In der Tat, es schien, als wogten in den sieben Gemächern eine Unzahl von Träumen durcheinander. Und diese Träume wanden sich durch die Säle, deren jeder sie mit seinem besonderen Licht umspielte, und die tollen Klänge des Orchesters schienen wie ein Echo ihres Schreitens. Von Zeit zu Zeit aber riefen die Stunden der schwarzen Riesenuhr in dem Sammetsaal, und eine kurze Weile herrschte eisiges Schweigen – nur die Stimme der Uhr erdröhnte. Die Träume erstarrten. Doch das Geläut verhallte – und ein leichtes halbunterdrücktes Lachen folgte seinem Verstummen. Die Musik rauschte wieder, die Träume belebten sich von neuem und wogten noch fröhlicher hin und her, farbig beglänzt durch das Strahlenlicht der Flammenbecken, das durch die vielen bunten Scheiben strömte. Aber in das westliche der sieben Gemächer wagte sich jetzt niemand mehr hinein, denn die Nacht war schon weit vorgeschritten, und greller noch floß das Licht durch die blutroten Scheiben und überflammte die Schwärze der düsteren Draperien; wer den Fuß hier auf den dunklen Teppich setzte, dem dröhnte das dumpfe, schwere Atmen der nahen Riesenuhr warnender, schauerlicher ins Ohr als allen jenen, die sich in der Fröhlichkeit der anderen Gemächer umhertummelten.

Diese anderen Räume waren überfüllt, und in ihnen schlug fieberheiß das Herz des Lebens. Und der Trubel rauschte lärmend weiter, bis endlich die ferne Uhr den Zwölfschlag der Mitternacht erschallen ließ. Und die Musik verstummte, so wie früher; und der Tanz wurde jäh zerrissen, und wie früher trat ein plötzlicher unheimlicher Stillstand ein. Jetzt aber mußte der Schlag der Uhr zwölfmal ertönen; und daher kam es, daß jenen, die in diesem Kreis die Nachdenklichen waren, noch trübere Gedanken kamen, und daß ihre Versonnenheit noch länger andauerte. Und daher kam es wohl auch, daß, bevor noch der letzte Nachhall des letzten Stundenschlages erstorben war, manch einer Muße genug gefunden hatte, eine Maske zu bemerken, die bisher noch keinem aufgefallen war. Das Gerücht von dieser neuen Erscheinung sprach sich flüsternd herum, und es erhob sich in der ganzen Versammlung ein

Summen und Murren des Unwillens und der Entrüstung – das schließlich zu Lauten des Schreckens, des Entsetzens und höchsten Abscheus anwuchs.

Man kann sich denken, daß es keine gewöhnliche Erscheinung war, die den Unwillen einer so toleranten Gesellschaft erregen konnte. Man hatte in dieser Nacht der Maskenfreiheit zwar sehr weite Grenzen gezogen, doch die fragliche Gestalt war in der Tat zu weit gegangen – über des Prinzen weitgehende Duldsamkeit hinaus. Auch in den Herzen der Übermütigsten gibt es Saiten, die nicht berührt werden dürfen, und selbst für die Verstocktesten, denen Leben und Tod nur Spiel ist, gibt es Dinge, mit denen sie nicht Scherz treiben lassen. Einmütig schien die Gesellschaft zu empfinden, daß in Tracht und Benehmen der befremdenden Gestalt weder Witz noch Anstand sei. Lang und hager war die Erscheinung, von Kopf zu Fuß in Leichentücher gehüllt. Die Maske, die das Gesicht verbarg, war dem Antlitz eines Toten täuschend nachgebildet. Und doch, all dieses hätten die tollen Gäste des tollen Gastgebers, wenn es ihnen auch nicht gefiel, noch hingehen lassen. Aber der Verwegene war so weit gegangen, die Gestalt des ›Roten Todes‹ darzustellen. Sein Gewand war mit Blut besudelt, und seine breite Stirn, das ganze Gesicht sogar, war mit dem scharlachroten Todesspiegel gefleckt.

Als die Blicke des Prinzen Prospero diese Gespenstergestalt entdeckten, die, um ihre Rolle noch wirkungsvoller zu spielen, sich langsam und feierlich durch die Reihen der Tanzenden bewegte, sah man, wie er im ersten Augenblick von einem Schauer des Entsetzens oder des Widerwillens geschüttelt wurde; im nächsten Moment aber rötete sich seine Stirn in Zorn.

»Wer wagt es«, fragte er mit heiserer Stimme die Höflinge an seiner Seite, »wer wagt es, uns durch solch gotteslästerlichen Hohn zu empören? Ergreift und demaskiert ihn, damit wir wissen, wer es ist, der bei Sonnenaufgang an den Zinnen des Schlosses aufge-knüpft werden wird!«

Es war in dem östlichen, dem blauen Zimmer, in dem Prinz Prospero diese Worte rief. Sie hallten laut und deutlich durch alle sieben Gemächer – denn der Prinz war ein kräftiger und kühner Mann, und die Musik war durch eine Bewegung seiner Hand zum Schweigen gebracht worden.

Das blaue Zimmer war es, in dem der Prinz stand, umgeben von einer Gruppe bleicher Höflinge. Sein Befehl brachte Bewegung in die Höflingsschar, als wolle man den Eindringling angreifen, der gerade jetzt ganz in der Nähe war und mit würdevoll gemes-senem Schritt dem Sprecher näher trat. Doch das namenlose Grauen, das die wahnwitzige Vermessenheit des Vermummten allen eingeflößt hatte, war so stark, daß keiner die Hand ausstreck-te, um ihn aufzuhalten. Ungehindert kam er bis dicht an den Prinzen heran – und während die zahlreiche Versammlung zu Tode entsetzt zur Seite wich und sich in allen Gemächern bis an die Wand zurückdrängte, ging er unangefochten seines Weges, mit den nämlichen feierlichen und gemessenen Schritten wie zu Beginn. Und er schritt von dem blauen Zimmer in das purpurrote – von dem purpurroten in das grüne – von dem grünen in das orangefarbene – und aus diesem in das weiße – und weiter noch in das violette Zimmer, ehe eine entscheidende Bewegung gemacht wurde, um ihn aufzuhalten. Dann aber war es Prinz Prospero, der rasend vor Zorn und Scham über seine eigene unbegreifliche Feigheit die sechs Zimmer durcheilte – er allein, denn von den andern vermochte infolge des tödlichen Schreckens kein einziger ihm zu folgen. Den Dolch in der erhobenen Hand war er in wil-dem Ungestüm der weiterschreitenden Gestalt bis auf drei oder vier Schritte nahe gekommen, als diese, die jetzt das Ende des Sammetgemaches erreicht hatte, sich plötzlich zurückwandte und dem Verfolger gegenüberstand. Man hörte einen durchdringenden

Schrei, der Dolch fiel blitzend auf den schwarzen Teppich, und im nächsten Augenblick sank auch Prinz Prospero im Todeskampf zu Boden.

Nun stürzten mit dem Mute der Verzweiflung einige der Gäste in das schwarze Gemach und ergriffen den Vermummten, dessen hohe Gestalt aufrecht und regungslos im Schatten der schwarzen Uhr stand. Doch unbeschreiblich war das Grauen, das sie befiel, als sie in den Leichentüchern und hinter der Leichenmaske, die sie mit rauhem Griffe packten, nichts Greifbares fanden – sie waren *leer* ...

Und nun erkannte man die Gegenwart des Roten Todes. Er war gekommen wie ein Dieb in der Nacht. Und einer nach dem andern sanken die Festgenossen in den blutbetauten Hallen ihrer Lust zu Boden und starben – ein jeder in der verzerrten Lage, in der er verzweifelnd niedergefallen war. Und das Leben in der Ebenholzuhr erlosch mit dem Leben des letzten der Fröhlichen. Und die Gluten in den Kupferpfannen verglommen. Und unbeschränkt herrschte über alles mit Finsternis und Verwesung der Rote Tod.

Hinab in den Maelström

Die Wege Gottes in der Natur wie auch in der Vorsehung sind nicht wie *unsere* Wege; noch sind die Dinge, die wir bilden, irgendwie der Unendlichkeit, Abgründigkeit und Unerforschlichkeit seiner Werke vergleichbar, die eine Tiefe in sich haben – ungemessener als der Brunnen des Demoktitus.

Joseph Glanville

Wir waren auf dem Gipfel der höchsten Klippe angelangt. Einige Minuten schien der Alte zu erschöpft, um zu sprechen. »Vor drei Jahren noch«, sagte er schließlich, »hätte ich diesen Weg gerade so leicht und ohne Ermüdung gemacht wie der jüngste meiner Söhne; aber dann hatte ich ein Erlebnis, wie wohl kein Sterblicher vor mir – wenigstens wie keiner es überlebte, um davon zu berichten –, und *die* sechs Stunden tödlichen Entsetzens, die ich damals durchgemacht, haben mich an Leib und Seele gebrochen. Sie halten mich für einen *sehr* alten Mann – aber ich bin es nicht. Weniger als ein Tag reichte hin, um meine tiefschwarzen Haare weiß zu machen, meinen Gliedern die Kraft, meinen Nerven die Spannung zu nehmen, so daß ich bei der geringsten Anstrengung zittere und vor einem Schatten erschrecke. Können Sie sich denken, daß ich kaum über diese kleine Klippe zu schauen vermag, ohne schwindlig zu werden?«

Die ›kleine Klippe‹, an deren Rand er sich so sorglos niedergeworfen, daß der gewichtigere Teil seines Körpers darüber hinaushing, während allein der Halt, den ihm seine auf den schlüpfrigen Felsrand aufgestützten Ellbogen gewährten, ihn am Hinunterfallen hinderte – diese ›kleine Klippe‹ erhob sich als ein steiler, wilder Berg schwarzglänzender Felsmassen etwa fünfzehn- bis sechzehnhundert Fuß hoch aus dem Meere empor. Nicht um alles in der Welt hätte ich mich näher als etwa sechs Meter an den Rand herangewagt. Ja wirklich, die gefährliche Stellung meines Begleiters entsetzte mich so sehr, daß ich mich der Länge nach zu Boden warf, mich ans Gestrüpp anklammerte und nicht einmal wagte, gen Himmel zu blicken – indes ich mich vergeblich mühte, den Gedanken loszuwerden, daß der Berg bis in seine Grundfesten von den stürmenden Winden erschüttert werde. Es dauerte lange, ehe ich mich so weit zur Vernunft brachte, daß ich mich aufrichten und in die Ferne schauen konnte.

»Sie müssen Ihre Angstvorstellungen überwinden«, sagte der Führer, »habe ich Sie doch hierher gebracht, damit Sie die Szene des Ereignisses, das ich eben erwähnte, so gut als möglich vor Augen haben, denn ich will Ihnen hier angesichts des Ortes die ganze Geschichte berichten.«

»Wir befinden uns jetzt«, fuhr er mit jener eingehenden Sachlichkeit fort, die ihm eigentümlich war, »wir befinden uns jetzt an der norwegischen Küste – auf dem achtundsechzigsten Breitengrad, in der großen Provinz Nordland und im trübseligen Distrikt Lofoten. Der Berg, auf dessen Gipfel wir sitzen, ist Helseggen, der Bewölkte. Richten Sie sich jetzt ein wenig auf – halten Sie sich am Grase fest, wenn Sie sich schwindlig fühlen – so – und blicken Sie über den Nebelgürtel unter uns hinaus ins Meer.«

Ich schaute auf und gewahrte eine weite Meeresfläche, deren Wasser so tintenschwarz war, daß mir sofort des nubischen Geographen Bericht von dem *Mare Tenebrarum* in den Sinn kam. Selbst die kühnste Phantasie könnte sich kein Panorama von gleich trostloser Verlassenheit ausdenken. Rechts und links, soweit das Auge reichte, breiteten sich gleich Wällen, die die Welt abschlossen, Reihen schwarzer, drohend ragender Klippen aus, deren grausiges Dunkel noch schärfer hervortrat in der tosenden Brandung, die mit ewigem Heulen und Kreisen ihren gespenstischen weißen Schaum an ihnen emporwarf. Dem Vorgebirge, auf dessen Gipfel wir saßen, gerade gegenüber und etwa fünf, sechs Meilen weit ins Meer hinein war eine schmale, schwärzliche Insel sichtbar – oder richtiger: man vermochte durch den Brandungsschaum, der sie umgab, ihre Umrisse zu erkennen. Etwa zwei Meilen näher an Land erhob sich eine andere, kleinere, entsetzlich steinig und unfruchtbar, der hie und da schwarze Felsklippen vorgelagert waren.

Der Anblick des Meeres zwischen der entfernteren Insel und der Küste war ein sehr ungewöhnlicher. Obgleich ein so heftiger Wind landwärts blies, daß eine Brigg draußen in der offenen See unter doppelt gerafftem Schnausegel lag und beständig mit ihrem ganzen Rumpf in den Wogen versank, so war hier doch keine regelrechte Deining, sondern nur ein kurzes, schnelles, zorniges Aufklatschen des Wassers nach allen Richtungen – sowohl mit als gegen den Wind. Schaum gab es nur wenig, außer in der nächsten Umgebung der Felsen.

»Die ferne Insel«, fuhr der alte Mann fort, »wird von den Norwegern Vurrgh genannt. Die eine näherliegende heißt Moskoe. Jene dort, eine Meile nordwärts, ist Ambaaren. Dort drüben liegen Islesen, Hotholm, Keildhelm, Suarven und Buckholm. Weiter draußen, zwischen Moskoe und Vurrgh liegen Otterholm, Flimen, Sandflesen und Stockholm. Das sind die Namen der Orte; warum man es überhaupt für nötig fand, ihnen Namen zu geben, das ist wohl Ihnen wie mir unbegreiflich. – Hören Sie etwas? Sehen Sie eine Veränderung im Wasser?«

Wir waren jetzt etwa zehn Minuten auf der Spitze des Helseggen, zu dem wir aus dem Innern von Lofoten aufgestiegen waren, so daß wir keinen Schimmer vom Meere erblickt hatten, bis es, als wir oben auf dem Gipfel angelangt waren, plötzlich in voller Weite vor uns lag. Während der Alte sprach, kam mir ein lautes, langsam zunehmendes Tosen zum Bewußtsein, ein Lärm wie das

Brüllen einer ungeheuren Büffelherde auf einer amerikanischen Prärie. Und im selben Augenblick gewahrte ich, daß das ›Hacken‹ des Meeres unter uns sich mit rasender Schnelligkeit in eine östliche Strömung verwandelte. Während ich hinsah, nahm diese Strömung noch mit unheimlicher Geschwindigkeit zu. Jeder Augenblick verzehnfachte ihre Hast, ihr maßloses Ungestüm. In fünf Minuten tobte der ganze Ozean bis nach Vurrgh hinaus in gewaltigem Sturm; aber zwischen Moskoe und der Küste toste der Aufruhr am tollsten. Hier stürmte die ungeheure Wasserflut in tausend einander entgegengesetzte Kanäle, brach sich plötzlich in wahnsinnigen Zuckungen, keuchte, kochte und zischte – kreiste in zahllosen riesenhaften Wirbeln, und alles stürmte heulend und sich überstürzend nach Osten, mit einer Geschwindigkeit, wie sie sich nur bei den rasendsten Wasserstürzen findet.

Einige Minuten später hatte sich die Szene wiederum völlig verändert. Die gesamte Oberfläche wurde ein wenig glatter, und die Strudel verschwanden einer nach dem andern, während mächtige Schaumstreifen sich überall da zeigten, wo vorher gar kein Schaum gewesen war. Diese Streifen, die sich immer weiter und weiter ausdehnten und miteinander verbanden, nahmen nun die drehende Bewegung der verschwundenen Strudel an und schienen den Rand eines neuen, ganz gewaltigen Strudels zu bilden. Plötzlich – sehr plötzlich – nahm der Wirbel deutliche und bestimmte Form an und wurde zu einem Kreis von mehr als einer Meile Durchmesser. Umrandet war der Wirbel von einem breiten Gürtel schimmernden Schaums; doch nicht der kleinste Teil desselben glitt in den Schlund des schrecklichen Trichters, dessen Innenwand, soweit das Auge es ergründen konnte, von einer glatten, leuchtenden und kohlschwarzen Wassermauer gebildet wurde, die sich in einem Winkel von etwa fünfundvierzig Grad zum Horizont hinneigte und sich in schwingender, schwindelnder Rastlosigkeit im Kreise drehte und dabei so eine fürchterliche, kreischende und heulende Stimme gen Himmel sandte, wie sie selbst der mächtige Niagarafall in seiner Todesangst nicht hervorbrächte.

Der Berg erbebte in seinen Grundfesten, und der Fels schwankte. Ich warf mich zur Erde, verbarg mein Gesicht und klammerte mich in einem Anfall nervöser Aufregung an das spärliche Strauchwerk.

»Dies kann«, sagte ich endlich zu dem Alten, »dies *kann* nichts anderes sein als der große Strudel des Maelström.«

»So wird er manchmal genannt«, sagte der Mann. »Wir Norweger nennen ihn Moskoeström, nach der Insel Moskoe in seiner Nähe.«

Die bekannten Berichte über diesen Strudel hatten mich in keiner Hinsicht auf das vorbereitet, was ich da sah. Die Beschreibung, die Jonas Ramus gibt, und die vielleicht die umständlichste von allen ist, kann weder von der Großartigkeit noch von dem Grauen des Ganzen oder von dem seltsam verwirrenden Gefühl des ›Neuartigen‹, das den Beschauer befällt, auch nur die geringste Vorstellung erwecken. Ich bin nicht sicher, von welchem Punkt aus jener Schriftsteller das Naturschauspiel beobachtete, noch zu welcher Zeit; aber es konnte weder vom Gipfel des Helseggen noch während eines Sturmes gewesen sein. Immerhin hat seine Beschreibung einige Stellen, die erwähnenswert sind, obschon ihre Wirkung im Vergleich mit dem Schauspiel selbst nur eine sehr schwache sein kann.

»Zwischen Lofoten und Moskoe«, berichtet er, »schwankt die Tiefe des Wassers zwischen fünfunddreißig und vierzig Faden; nach der anderen Seite aber, in der Richtung von Ver (Vurrgh) nimmt diese Tiefe ab, so daß ein Schiff dort nicht passieren kann, ohne Gefahr zu laufen, an den Klippen zu zerschellen, was selbst bei ruhigem Wetter vorkommen kann. Wenn Flutzeit ist, so geht die Strömung landwärts zwischen Lofoten und Moskoe in lärmender Hast dahin, das Tosen ihrer Ebbe zum Meere hin aber wird selbst von den lautesten und fürchterlichsten Katarakten nicht erreicht – man hört das Getöse viele Meilen weit, und die Strudel oder Abgründe sind von solcher Tiefe und Ausdehnung, daß ein Schiff, das in ihren Kreislauf gerät, unvermeidlich angezogen und in den Abgrund gerissen wird, wo es an den Felsen zerschellt und, wenn die Wasser sich beruhigen, in Trümmern wieder emporgetragen wird. Solche Ruhepausen gibt es aber nur beim Übergang von Ebbe zu Flut und von Flut zu Ebbe und nur bei ruhigem Wetter, auch dauern sie nur eine Viertelstunde, dann nimmt der Wirbel langsam wieder zu. Wenn die Strömung am heftigsten und ihre Wut durch einen Sturm gesteigert ist, ist es gefährlich, ihr auf eine norwegische Meile nahe zu kommen. Boote, Yachten und auch größere Schiffe wurden mit fortgerissen, weil sie sich dem Bereich des Strudels nicht fern genug hielten. Es kommt auch vor, daß Walfische der Strömung zu nahe kommen und in ihre Gewalt geraten, und es ist unmöglich, das Heulen und Bellen zu beschreiben, das sie bei ihren vergeblichen Anstrengungen ausstoßen. Einmal wurde ein Bär, der von Lofoten nach Moskoe zu schwimmen versuchte, von der Strömung erfaßt und hinabgerissen, und sein entsetzliches Gebrüll wurde bis ans Ufer gehört. Große Vorräte von Fichten und Kiefern kamen, nachdem sie im Strudel gewesen, so zersplittert und zerfetzt an die Oberfläche, daß sie aussahen wie seltsame Borstentiere; und dies zeigt klar, daß im Abgrund des Strudels Felsgrate sind, zwischen denen sie hin und her geschleudert wurden. Die Strömung wird durch Ebbe und Flut reguliert – so daß alle sechs Stunden hohes und niederes Wasser miteinander wechseln. Im Jahre 1645, am Sonntag Sexagesima, raste sie mit solchem Getöse, daß die Häuser an der Küste zusammenstürzten.«

Was nun die Tiefe des Wassers anlangt, so begriff ich nicht, wie sie in der Nähe des Strudels überhaupt hatte gemessen werden können. Die vierzig Faden konnten sich nur auf Teile des Kanals nahe der Küste von Moskoe oder Lofoten beziehen. Die Tiefe inmitten des Moskoeström muß unermeßlich viel größer sein, und man kann keinen besseren Beweis für diese Tatsache finden, als wenn man vom höchsten Grat des Helseggen seitwärts in den Abgrund hinabblickt. Ich, der ich vom Gipfel oben in den heulenden Phlegeton hinuntersah, konnte mich eines Lächelns nicht erwehren über die Einfalt, mit der der ehrenwerte Jonas Ramus die seiner Ansicht nach fast unglaubwürdigen Anekdoten von den Walfischen und dem Bären berichtet; mir schien es tatsächlich ganz selbstverständlich, daß das größte Linienschiff, wenn es in jene tödliche Anziehungskraft geriet, ihr ebensowenig widerstehen konnte wie eine Feder dem Orkan und sogleich und für immer verschwinden müsse.

Die Erklärungsversuche für das Phänomen, deren einige mir beim Durchlesen ziemlich einleuchtend erschienen waren, sah ich jetzt in ganz anderem Lichte und mußte sie als völlig unzureichend verwerfen. Die Anschauung, der am meisten Glauben geschenkt wird, ist, daß dieser Strudel, gleich drei anderen kleineren in der Gegend der Ferroe-Inseln, seinen Ursprung habe in dem Zusammenprall der Wogen an unterirdischen Felsenriffen, die das Wasser derart einengen, daß es zur Zeit der Flut gewaltig aufschäumen, zur Zeit der Ebbe aber in große Tiefen zurückfallen muß. Die natürliche Folge des Ganzen ist ein Strudel, dessen wunderbare Einsaugekraft man schon an kleineren Versuchen erproben kann. So etwa sagt die ›Encyclopaedia Britannica‹. Kircher und andere nehmen an, daß in der Mitte des Maelström-Kanals ein Abgrund sich befinde, der den Erdball durchbohre und in irgendeiner fernen Gegend endige – irgendwer bezeichnet übrigens mit ziemlicher Bestimmtheit den Bottnischen Meerbusen als Durchbruchstelle des Strudelkanals. Diese an sich recht törichte Annahme erschien mir jetzt beim Anblick des gewaltigen Naturereignisses gar nicht so unhaltbar; ich sprach davon zu meinem Führer, der mir zu meiner Verwunderung erwiderte, obgleich er wisse, daß diese Auffassung der Sache von den meisten Norwegern geteilt werde, so könne er selbst ihr doch nicht beistimmen. Was die vorher erwähnte Annahme des Jonas Ramus betreffe, so müsse er gestehen, daß er sie nicht begreifen könne, und darin mußte ich ihm beipflichten, denn so glaubwürdig sie sich auch auf dem Papier ausgenommen, so unverständlich, ja geradezu absurd erschien sie hier inmitten des Sturmgetöses des Strudels selbst.

»Sie haben sich jetzt den Strudel gut betrachten können«, sagte der alte Mann, »und wenn Sie sich nun hier auf die andere Seite des Felsvorsprungs niederlassen würden, wo wir vor dem Wind geschützt sind und das Brausen der Wellen weniger laut hören, so werde ich Ihnen eine Geschichte erzählen, die Sie davon überzeugen wird, daß ich wohl etwas vom Moskoeström wissen muß.«

Ich setzte mich so, wie er es wünschte, und er fuhr fort:

»Meine beiden Brüder und ich besaßen eine schonerartig aufgetakelte Schmack von etwa siebzig Tonnen Tragfähigkeit, mit der wir zwischen den Inseln hinter Moskoe nahe bei Vurrgh zu fischen pflegten. Überall wo das Meer heftig brandet, ist zu geeigneten Zeiten der Fischfang gut, wenn man nur den Mut hat, ihn zu wagen; doch unter allen Küstenbewohnern der Lofoten waren wir drei die einzigen, die es sich regelrecht zum Beruf machten, nach jenen Inseln hinauszufahren. Die eigentlichen Fischgründe sind eine gute Strecke weiter nach Süden gelegen. Dort kann man zu allen Zeiten fangen, und es ist keine Gefahr dabei; darum werden jene Plätze bevorzugt. Die ertragreichen Fangplätze hier zwischen den Felsen aber liefern nicht nur die besten Sorten, sondern diese sogar in reichstem Maße, so daß wir oft in einem einzigen Tage so viel fingen, wie ängstlichere Fischer mühsam in einer Woche zusammenbrachten. Es war in der Tat ein verzweifeltes Unternehmen, bei dem das Wagnis die Arbeit ersetzte und Mut das Anlagekapital war.

Der Ankerplatz unseres Schiffes war in einer Bucht, die etwa fünf Meilen von dieser hier entfernt ist, und es war unsere Gewohnheit, bei schönem Wetter die Viertelstunde Totwasser zwischen Ebbe und Flut auszunutzen, um über den Hauptkanal des Moskoeström weit oberhalb des Strudels hinüber zu segeln und irgendwo in der Nähe von Otterholm oder Sandflesen, wo die Brandung nicht allzu heftig ist, vor Anker zu gehen. Hier pflegten wir zu bleiben, bis wiederum Totwasser einsetzte, worauf wir die Anker lichteten und uns auf den Heimweg machten. Wir unternahmen diese Fahrt nur dann, wenn wir für Hin- und Rückfahrt auf beständigen Wind rechnen konnten – einen Wind, von dem wir überzeugt waren, daß er uns bei der Rückfahrt nicht im Stich lassen werde –, und in dieser Hinsicht war unsere Berechnung selten falsch. Zweimal in sechs Jahren waren wir genötigt, die ganze Nacht vor Anker zu liegen, infolge einer gerade hier äußerst seltenen völligen Windstille, und einmal mußten wir fast eine Woche draußen bei den Fischplätzen ausharren und waren dem Hungertode nahe; aber wir konnten die Überfahrt nicht wagen, denn ein Sturmwind blies, der den Kanal allzu gefährlich machte. Bei dieser Gelegenheit wären wir trotz aller Anstrengungen in die See hinausgetrieben worden, denn die Strudel warfen uns so heftig herum, daß wir schließlich den Anker einzogen, wären wir nicht zufällig in eine der zahlreichen Gegenströmungen geraten, die heute da sind und morgen wieder fort. Diese Strömung trieb uns in die windgeschützte Gegend von Flimen, wo wir das Glück hatten, landen zu können.

Ich könnte Ihnen nicht den zwanzigsten Teil all der Schwierigkeiten aufzählen, mit denen wir an den Fangplätzen zu kämpfen hatten, denn selbst bei gutem Wetter ist es da draußen übel genug; dennoch gelang es uns immer, den Moskoeström selbst ohne

Unfall zu passieren, obgleich mir oft genug das Herz erschrak, wenn wir bisweilen ein oder zwei Minuten vor oder nach dem Totwasser dort waren. Der Wind war manchmal nicht so stark, wie wir beim Ausfahren gedacht hatten, und dann kamen wir langsamer voran als wünschenswert war, und verloren in der Strömung die Gewalt über das Schiff. Mein ältester Bruder hatte einen achtzehnjährigen Sohn, und ich selbst besaß zwei kräftige Buben. Diese wären zu solchen Zeiten beim Ein- und Ausziehen der Fischtaue wie auch beim Fischen selbst sehr brauchbar gewesen, aber obwohl wir für uns die Gefahr nicht fürchteten, hatten wir doch nicht das Herz, die Jungen dem Wagnis auszusetzen – denn es ist schon so und muß gesagt werden: es war ein entsetzliches Wagnis.

Es sind jetzt in wenigen Tagen drei Jahre, seit sich das ereignete, was ich Ihnen nun erzählen will. Es war der zehnte Juli 18.., ein Tag, den man hierzulande nie vergessen wird, denn es blies der schrecklichste Orkan, der je aus den Himmeln niederstürzte; und doch hatte am Vormittag und sogar bis in den späten Nachmittag ein sanfter Südwest geweht, während die Sonne heiter strahlte, so daß die ältesten Seeleute unter uns nicht hätten voraussehen können, was sich später ereignete.

Wir drei – meine beiden Brüder und ich – waren gegen zwei Uhr nachmittags zu den Inseln hinübergekreuzt und hatten bald die Schmack mit edlen Fischen voll, die, wie wir alle bemerkten, an diesem Tage zahlreicher als je aufgetreten waren. Auf meiner Uhr war es gerade sieben, als wir lichteten und die Heimfahrt antraten, um den schlimmsten Teil des Ström bei Totwasser zurückzulegen, das nach unserer Erfahrung um acht einsetzen mußte.

Ein frischer Wind kam von Steuerbord her, und eine Zeitlang hatten wir eilige Fahrt und ließen uns keine Gefahr träumen, denn wir sahen nicht den geringsten Grund dazu. Ganz plötzlich aber wurden wir von einer Brise von Helseggen her rückwärts getrieben. Das war höchst seltsam – etwas, das sich noch nie ereignet hatte –, und ich begann unruhig zu werden, ohne recht zu wissen, weshalb. Wir stellten das Boot nach dem Winde, konnten aber infolge der starken Brandung nicht vorwärts kommen, und ich wollte gerade den Vorschlag machen, zum Ankerplatz zurückzukehren, als wir, rückwärts blickend, den ganzen Horizont von einer einzigen kupferfarbenen Wolke bedeckt sahen, die mit unheimlicher Schnelligkeit heraufzog.

Währenddessen hatte sich der Wind, der uns soeben zurückgeworfen, ganz plötzlich gelegt, und in der Totenstille trieb unser Schiff haltlos umher. Dieser Zustand dauerte jedoch nicht so lange, daß wir Zeit gehabt hätten, ihn zu bedenken. In kaum einer Minute war der Sturm über uns – in kaum zweien war der ganze Himmel schwarz, und es wurde so dunkel, daß wir im Schiff einander nicht mehr erkennen konnten.

Es wäre Wahnsinn, den Orkan, der nun einsetzte, beschreiben zu wollen. Der älteste Seemann in ganz Norwegen hatte dergleichen nicht erlebt. Wir hatten unsere Segel dem Wind überlassen, ehe dieser uns richtig packte. Nun flogen beim ersten Stoß unsere beiden Masten über Bord, als seien sie abgemäht – und der Hauptmast nahm meinen jüngsten Bruder mit sich, der sich sicherheitshalber an ihn angebunden hatte.

Unser Boot war das federleichteste Ding, das je auf dem Wasser geschwommen. Es hatte ein vollkommen geschlossenes Verdeck mit nur einer Luke nahe am Bug, und diese Luke pflegten wir immer bei Annäherung an den Ström zu schließen, um uns gegen die Sturzseen zu sichern. Ohne diese gewohnte Vorsichtsmaßregel wären wir sofort zugrunde gegangen – denn wir waren minutenlang buchstäblich im Wasser begraben. Wie mein älterer Bruder der Vernichtung entrann, kann ich nicht sagen; ich hatte nie Gelegenheit, das festzustellen. Ich für mein Teil warf mich sofort flach zu Boden, nachdem ich das Vordersegel losgelassen, stemmte die Füße gegen das schmale Schandeck des Bugs und erfaßte mit den Händen einen Ringbolzen in der Nähe des Vormastes. Es war lediglich Instinkt, was mich zu solchem Handeln trieb, denn zum Denken war ich viel zu verwirrt – aber ich hätte jedenfalls gar nichts Besseres tun können.

Minutenlang waren wir, wie ich schon sagte, vollkommen unter Wasser; und während dieser ganzen Zeit hielt ich den Atem an und klammerte mich an den Ring. Als ich es nicht mehr aushalten konnte, erhob ich mich auf die Knie und bekam so den Kopf frei; den Ring hielt ich noch immer fest. Da schüttelte sich unser kleines Boot, gerade wie ein Hund, wenn er aus dem Wasser kommt, und befreite sich dadurch ein wenig aus den Wellen. Ich versuchte nun, der Bestürzung, die mich überrumpelt hatte, Herr zu werden und meine Sinne zum Überlegen zu sammeln, als ich mich plötzlich am Arm erfaßt fühlte. Es war mein älterer Bruder, und mein Herz hüpfte vor Freude, denn ich war überzeugt gewesen, auch er sei über Bord geschwemmt. Im nächsten Augenblick aber wandelte sich all diese Freude in Entsetzen; – er preßte seinen Mund an mein Ohr und gellte das Wort hinaus: ›Moskoeström!‹

Ich erbebte von Kopf bis Fuß, wie in einem heftigen Anfall von Schüttelfrost. Ich wußte gut, was er mit diesem einen Worte meinte – ich wußte, was er mir begreiflich machen wollte. Mit dem Wind, der uns jetzt vorwärts jagte, waren wir dem Strudel des Ström verfallen, und nichts konnte uns retten!

Sie müssen im Auge behalten, daß wir uns zur Überquerung des Kanals stets eine Stelle weit oberhalb des Strudels aussuchten; auch bei ruhigstem Wetter taten wir das und warteten sorgsam das Totwasser ab – nun aber trieben wir direkt auf den Wirbelstrom zu – und dabei in diesem Orkan! ›Sicherlich‹, dachte ich, ›kommen wir gerade bei Totwasser dort an – es ist wenigstens Hoffnung dafür vorhanden‹ –, im nächsten Augenblick aber verwünschte ich mich selbst, daß ich Narr genug war, überhaupt von Hoffnung zu träumen. Ich wußte recht gut, daß wir dem Untergang verfallen waren, und wären wir auch zehnmal ein großes, festes Kriegsschiff gewesen.

Die erste Wut des Sturmes hatte sich gelegt, oder vielleicht fühlten wir ihn nur weniger, da er uns vor sich hertrieb – jedenfalls erhoben sich jetzt die Wogen, die der Wind bisher niedergehalten, zu wahren Bergen. Auch der Himmel hatte sich seltsam verändert. Nach allen Richtungen in der Runde war noch immer pechschwarze Nacht, doch beinahe uns zu Häupten brach ein kreisrundes Stück klaren Himmels durch – so klar, als ich ihn je gesehen, und von tiefem strahlenden Blau –, und aus seiner Mitte leuchtete der volle Mond in nie geahntem Glanz! Er rückte unsere ganze Umgebung in hellstes Licht – o Gott, welch ein Schauspiel beleuchtete er!

Ich machte jetzt ein paar Versuche, mit meinem Bruder zu sprechen, aber das Getöse hatte unerklärlicherweise derart zugenommen, daß ich ihm nicht ein einziges Wort verständlich machen konnte, obgleich ich ihm mit aller Gewalt ins Ohr schrie. Er schüttelte den Kopf, sah totenbleich aus und erhob einen Finger, als wolle er sagen ›hoch!‹

Zuerst begriff ich nicht – bald aber überfiel mich ein entsetzliches Begreifen. Ich zog die Uhr aus der Tasche. Sie ging nicht mehr. Ich hielt das Zifferblatt ins Mondlicht und brach in Tränen aus, als ich sie nun weit ins Meer schleuderte. *Sie war um sieben Uhr stehengeblieben! Die Zeit des Totwassers war vorüber und der Strudeltrichter des Ström in voller Wut!*

Ist ein Boot gut gebaut und richtig und nicht allzu schwer beladen, so scheinen in einem heftigen Sturm die Wellen unter dem Schiff hervorzukommen, was einem Unerfahrenen stets merkwürdig erscheint; in der Seemannssprache sagt man, das Schiff reitet. Bisher also waren wir auf den Wogen geritten, nun aber erfaßte uns eine riesenhafte Welle gerade unter der Gilling und hob uns mit sich empor – hinauf, hinauf –, als ginge es in den Himmel. Ich hätte es gar nicht für möglich gehalten, daß eine Woge so hoch steigen könne. Und dann ging es wieder schleifend und gleitend und stürzend hinunter, daß mir ganz übel und schwindlig wurde, wie wenn man im Traum von einem Berggipfel herunterstürzt. Aber während wir oben waren, hatte ich schnell Umschau gehalten – und dieser eine Rundblick genügte. Ich erkannte im Augenblick unsere ganze Lage. Der Strudel des Moskoeström lag etwa eine Viertelmeile vor uns – aber er glich so wenig dem gewöhnlichen Moskoeström wie der Strudel da etwa der Welle eines Mühlbachs. Hätte ich nicht bereits gewußt, wo wir uns befanden und was uns bevorstand, so hätte ich den Ort überhaupt nicht erkannt. Ich schloß vor Entsetzen unwillkürlich die Augen. Die Lider krampften sich wie im Todeskampfe zusammen.

Es konnten kaum zwei Minuten vergangen sein, als wir plötzlich glatteres Wasser spürten und in Gischt eingehüllt waren. Das Boot machte eine kurze, halbe Drehung nach Backbord und schoß dann wie der Blitz in seiner neuen Richtung dahin. Im selben Augenblick ertrank das Brüllen der Wasser in einer Art schrillem Gekreisch – einem Ton, wie ihn etwa die Ventile mehrerer tausend Dampfschiffe beim Auslassen des Dampfes zusammen hervorbringen könnten. Wir befanden uns jetzt in dem Schaumgürtel, der stets den Strudel umringt, und ich dachte natürlich, daß der nächste Augenblick uns in den Abgrund schleudern werde, den wir infolge der Schnelligkeit, mit der wir dahinsausten, nur unklar erkennen konnten. Das Boot schien überhaupt nicht im Wasser zu liegen, sondern wie eine Luftblase über den Schaum dahinzutanzen. Seine Steuerbordseite war dem Strudel zugekehrt, und hinter Backbord dehnte sich das unendliche Meer, mit dem wir noch eben gekämpft. Wie ein mächtiger wandelnder Wall stand die Schiffswand zwischen uns und dem Horizont.

Es mag seltsam erscheinen – aber jetzt, wo wir uns im Rachen des Abgrunds befanden, fühlte ich mich ruhiger als während der Zeit, da wir uns ihm erst näherten. Nun ich mich damit vertraut gemacht, alle Hoffnungen aufzugeben, verlor ich auch ein gut Teil des Schreckens, der mich zuerst gelähmt hatte. Ich glaube, es war Verzweiflung, die meine Nerven stählte.

Wie prahlerisch es auch klingt, es ist dennoch wahr: ich begann zu empfinden, welch herrliche Sache es sei, auf diese Weise zu sterben, und wie töricht es von mir war, beim Anblick solch großartigen Beweises von Gottes Herrlichkeit an mein eigenes erbärmliches Leben zu denken. Ich glaube, ich errötete vor Scham, als dieser Gedanke mir in den Sinn kam. Nach einiger Zeit erfaßte mich eine wilde Neugier bezüglich des Strudels selbst. Ich fühlte tatsächlich den *Wunsch*, seine Tiefen zu ergründen, obgleich ich mich selbst dabei opfern mußte, und mein hauptsächlicher Kummer war der, daß ich meinen alten Gefährten an Land niemals von den Wundern berichten sollte, die ich erschauen würde. Das waren gewiß sonderbare Betrachtungen für einen Mann in meiner Lage, und ich habe schon manchmal gedacht, daß die Drehungen des Bootes im Strudel mir ein wenig den Kopf verrückt hatten.

Noch ein anderer Umstand trug dazu bei, mir meine Selbstbeherrschung wiederzugeben, und das war das Aufhören des Windes, der uns in unserer gegenwärtigen Lage nicht erreichen konnte – denn wie Sie selbst gesehen, liegt der Schaumgürtel beträchtlich tiefer als der Ozean selbst, und dieser letztere türmte sich jetzt über uns auf wie ein hoher schwarzer Bergrücken. Wenn Sie nie bei heftigem Sturm auf See gewesen sind, können Sie sich gar keinen Begriff machen von der allgemeinen Sinnesverwirrung, die Wind und Sturzsee verursachen. Man ist blind und taub und dem Ersticken nahe und verliert alle Kraft zum Denken oder Handeln. Jetzt aber waren wir diese Qualen los – gerade wie zum

Tode verurteilte Verbrecher kleine Erleichterungen genießen, die ihnen versagt sind, solange ihr Schicksal noch nicht entschieden.

Wie oft wir den Schaumgürtel umkreisten, kann ich nicht sagen. Wir jagten wohl schon eine Stunde lang in der Runde und gelangten allmählich, mehr fliegend als schwimmend, in die Mitte des Gischtstreifens und näher und immer näher an seinen furchtbaren Rand. In dieser ganzen Zeit hatte ich den Ringbolzen nicht losgelassen. Mein Bruder war am Heck und klammerte sich dort an ein kleines Wasserfaß, das an der Gilling festgebunden und der einzige Gegenstand auf Deck war, den der Sturm nicht über Bord gefegt hatte. Als wir uns dem Rande des Trichters näherten, ließ er seinen Halt fahren und langte nach dem Ring, von dem er in seiner Todesangst meine Hände fortzureißen suchte, denn der Ring war nicht groß genug, uns beiden einen sicheren Griff zu bieten. Nie empfand ich tieferen Kummer, als da ich ihn diese Tat begehen sah – obschon ich wußte, daß er toll war, als er es tat –, ein Wahnsinniger aus namenloser Angst. Es lag mir nichts daran, mit ihm um diesen Halt zu kämpfen. Ich wußte, daß es gleichgültig war, ob einer von uns sich anklammerte oder nicht; so überließ ich ihm den Ring und ging nach hinten zum Faß. Das war nicht schwierig zu bewerkstelligen, denn die Schmack flog in glatter Bahn vorwärts und schwang nur in dem ungeheuren Bogen des Strudels mit. Kaum hatte ich an dem neuen Ort Fuß gefaßt, als wir einen wilden Satz nach Steuerbord machten und in den Trichter hineinjagten. Ich murmelte ein Stoßgebet und glaubte, alles sei vorüber.

In dem taumelnden Schwindelgefühl, das mich bei dem Hinabsausen erfaßte, preßte ich die Hände fester um das Faß und schloß die Augen. Sekundenlang wagte ich nicht sie zu öffnen, ich erwartete den sofortigen Tod und begriff nicht, daß ich nicht schon im Todeskampf mit dem Wasser rang. Doch Minute nach Minute verrann. Ich lebte noch immer. Das Gefühl des Hinabfallens hatte aufgehört, und die Bewegung des Schiffes schien ganz die gleiche wie vordem im Schaumgürtel, nur daß es jetzt mehr auf der Seite lag. Ich faßte Mut und warf von neuem einen Blick auf den Schauplatz.

Nie werde ich die Empfindung von Ehrfurcht, Entsetzen und staunender Bewunderung vergessen, mit der ich um mich schaute. Das Boot lag vollkommen auf der Seite, schien wie durch Zaubermacht an der inneren Oberfläche eines ungeheuer weiten Trichters von unerkennbarer Tiefe festzukleben, eines Trichters, dessen vollkommen glatte Wände man für Ebenholz hätte halten können, hätten sie sich nicht mit verwirrender Schnelligkeit im Kreise gedreht und ein seltsam gespenstisches Licht ausgestrahlt, als der Glanz des Vollmonds aus der kreisförmigen Wolkenöffnung in goldener Flut die schwarzen Wälle herabströmte und tief in das Innere des Abgrunds hinableuchtete.

Zuerst war ich zu verwirrt, um irgend etwas deutlich wahrzunehmen. Ich hatte nur den Eindruck eines erhabenen, entsetzlichen Schauspiels. Als ich mich jedoch ein wenig erholt hatte, wandte sich mein Blick unwillkürlich in die Tiefe. In dieser Richtung konnte ich deutlich sehen, auf welche Weise die Schmack am steilen Hang des Abgrunds hinschwebte. Sie lag ganz gleichlastig, das heißt, ihr Deck lag in der gleichen Höhe mit dem Wasserspiegel, der sich in einer Neigung von mehr als fünfundvierzig Grad in die Runde schwang, so daß die Deckbalken unmittelbar auf dem Wasser zu ruhen schienen. Ich bemerkte jedoch, daß es mir gegenwärtig kaum schwer fiel, festen Halt und Fuß zu fassen, als da wir uns noch in normaler Schiffslage befunden hatten, und das war vermutlich auf die Geschwindigkeit zurückzuführen, mit der wir uns drehten.

Die Strahlen des Mondes schienen bis auf den Grund des ungeheuren Schlundes hinabtauchen zu wollen. Dennoch konnte ich dort nichts deutlich erkennen, infolge eines dichten Nebels, der alles umhüllte und über den sich ein prächtiger Regenbogen spannte, gleich der schmalen und schwanken Brücke, von der die Muslim sagen, daß sie der einzige Pfad zwischen Zeit und Ewigkeit sei. Dieser Nebel oder Gischt wurde wahrscheinlich durch das Aufeinanderprallen der unten am Ende des Trichters zusammenstürzenden Wasserwälle verursacht – das Geheul aber, das aus dem Nebel zu den Himmeln aufgellte, wage ich nicht zu beschreiben.

Unser erstes Hinabgleiten aus dem Schaumgürtel oben in den Trichter selbst hatte uns ein beträchtliches Stück den Abhang hinuntergetragen, unser fernerer Abstieg aber stand in gar keinem Verhältnis zu diesem ersten Sturz. Um und um schwangen wir – nicht in gleichmäßigem Bogen – sondern in schwindelerregenden Schwüngen und Sprüngen, die uns manchmal nur ein paar hundert Meter vorwärts brachten, manchmal um die ganze Rundung des Strudels warfen. Unser Abwärtsgleiten bei jeder solchen Umdrehung war gering, doch immerhin merklich.

Als ich auf der ungeheuren Fläche flüssigen Ebenholzes, auf der wir so entlang getragen wurden, Umschau hielt, gewahrte ich, daß unser Boot nicht der einzige Gegenstand im Schlunde des Abgrunds war. Sowohl über als unter uns waren einzelne Schiffstrümmer erkennbar, mächtige Haufen Bauholz und Baumstämme nebst allerlei kleineren Gegenständen, wie Hausrat, Kisten, Fässer und Dauben. Ich habe schon erwähnt, daß mein erstes Entsetzen einer fast unnatürlichen Neugier gewichen war. Sie schien mehr und mehr anzuwachsen, je näher ich meinem Untergang kam. Ich begann jetzt mit merkwürdigem Eifer alle die Dinge zu verfolgen, die mit uns dahinjagten. Ich muß entschieden im Fieberwahn gewesen sein, denn ich fand sogar *Freude* daran, die relative Geschwindigkeit, mit welcher die einzelnen Dinge dem Nebelstaub drunten zujagten, zu berechnen. ›Diese Fichte‹, überlegte ich einmal, ›wird gewiß das nächste sein, was den fürchterlichen Sprung ins Unergründliche tut‹, und ich war sehr enttäuscht, als das Wrack eines holländischen Handelsschiffes die Fichte überholte und vor ihr verschwand. Als ich schließlich mehrere solcher Mutmaßungen angestellt und in allen getäuscht worden war, gab mir diese Tatsache – die Tatsache, daß meine Berechnungen ausnahmslos falsch gewesen waren – einen Gedanken ein, bei dem meine Glieder von neuem erbebten und mein Herz in schweren Schlägen pulste.

Es war nicht Entsetzen, das mich erfaßte, sondern die dämmernde Ahnung einer noch viel aufregenderen Hoffnung. Diese Hoffnung knüpfte sich sowohl an frühere Erfahrungen als an soeben gemachte Beobachtungen. Ich erinnerte mich des zahlreichen Strandgutes, das an die Küste der Lofoten angeschwemmt wurde – alles Dinge, die der Moskoeström an sich gerissen und wieder emporgeschleudert hatte. Die große Mehrzahl dieser Dinge war ganz außerordentlich zerfetzt und zerbrochen – so rauh und zersplittert war manches, daß es wie mit Stacheln besät aussah –, doch erinnerte ich mich bestimmt, daß *einige* dieser Dinge gänzlich unversehrt waren. Nun konnte ich mir diese Verschiedenheit nicht anders erklären, als daß die zerfetzten Trümmer die einzigen Dinge waren, die wirklich den Grund des Strudels erreicht hatten, und daß die andern erst gegen Ende einer Tätigkeitsperiode des Maelström in den Trichter geraten oder darin so langsam hinabgeglitten waren, daß sie noch nicht unten angelangt waren, als schon die Flut oder Ebbe – je nachdem – einsetzte. In beiden Fällen hielt ich es für möglich, daß sie wieder an die Oberfläche des Meeres hinaufgewirbelt werden könnten, ohne das Schicksal jener Dinge zu teilen, die früher eingesogen oder schneller hinabgerissen worden waren. Ich machte ferner drei bedeutsame Beobachtungen. Die erste war die allgemeine Regel: je größer die Gegenstände, desto schneller ihre Abwärtsbewegung; die zweite: zwischen zwei Dingen gleicher Größe, von denen das eine sphärische (kugelige) und das andere *irgendeine andere Gestalt* hat, wird das sphärische die größte Schnelligkeit im Abwärtsgleiten aufweisen; die dritte: zwischen zwei Dingen gleicher Größe, von denen das eine zylindrische (längliche), das andere irgendeine andere Gestalt hat, wird das zylindrische langsamer eingesogen werden. Seit meiner Rettung habe ich mit einem alten Lehrer unserer Gegend mehrfach über diese Dinge gesprochen, und von ihm lernte ich die Anwendung der Bezeichnungen ›Zylinder‹ und ›Sphäre‹. Er erklärte mir – ich habe die Erklärung allerdings vergessen –, wie das, was ich beobachtet hatte, in der Tat die natürliche Folgeerscheinung der jeweiligen Formen der schwimmenden Gegenstände sei, und zeigte mir, wie es komme, daß ein in einen Strudel geratener Zylinder der Einsaugekraft desselben mehr Widerstand entgegensetzte und langsamer niedergezogen werde als irgendein andersgeformter Körper gleicher Größe.

Da war noch ein überraschender Umstand, der diesen Beobachtungen recht gab und mich begierig machte, sie zu verwerten, und das war, daß wir bei jeder Umdrehung an irgendeinem Faß oder einer Rahe oder einem Mast vorüberkamen, während viele solche Dinge, die auf gleicher Höhe mit uns gewesen, als ich die Augen zuerst den Wundern des Strudels zu öffnen wagte, jetzt hoch über uns dahinschwammen und ihren Ort nur wenig verändert hatten.

Ich wußte nun, was ich zu tun hatte. Ich beschloß, mich an das Wasserfaß, an dem ich mich noch immer anklammerte, festzubinden, es von der Gilling loszuschneiden und mich mit demselben ins Wasser zu werfen. Ich machte meinen Bruder durch Zeichen aufmerksam, deutete auf die schwimmenden Fässer, an denen wir vorüberschwangen, und tat alles, was in meiner Macht stand, um ihm mein Vorhaben begreiflich zu machen. Ich glaubte schließlich, er habe meine Absicht begriffen, doch – mochte das nun der Fall sein oder nicht – er schüttelte verzweifelt den Kopf und weigerte sich, seinen Platz am Ringbolzen aufzugeben. Es war unmöglich, zu ihm hinzukommen, die schreckliche Lage gestattete keinen Aufschub, und so überließ ich ihn nach hartem Kampf seinem Schicksal, band mich mit Stricken, die das Faß an der Gilling festgehalten, an ersteres fest und warf mich ohne weiteres Zögern ins Meer.

Der Erfolg war ganz so, wie ich ihn erhofft hatte. Da ich selbst es bin, der Ihnen diese Geschichte er zählt, da Sie sehen, daß ich tatsächlich das Leben rettete, und da Sie schon wissen, auf welche Weise diese Rettung bewerkstelligt wurde, will ich meine Geschichte schnell zu Ende bringen.

Es mochte etwa eine Stunde vergangen sein, seit ich die Schmack verlassen, als diese, die mich weit, weit überholt hatte, schnell hintereinander drei oder vier rasende Umdrehungen machte und – meinen geliebten Bruder mit sich führend – kopfüber und für immer in das Chaos von Gischt hinabstürzte. Das Faß, an dem ich mich festgebunden, hatte kaum die Hälfte des Zwischenraums durchlaufen, der damals, als ich den Sprung tat, das Schiff vom Abgrund trennte, da ging mit dem Strudel eine große Veränderung vor sich. Die Neigung der Seitenwände des ungeheuren Trichters wurde weniger und weniger steil. Die Umdrehungen des Wirbels wurden allmählich langsamer und langsamer. Der Gischt und der Regenbogen verschwanden nach und nach, und der Boden des Schlundes begann sich höher und höher zu heben. Der Himmel war klar, der Wind hatte sich gelegt, und der volle Mond ging strahlend im Westen unter, als ich mich auf der Oberfläche des Meeres fand, angesichts der Küste von Lofoten und über der Stelle, wo der Trichter des Moskoeström *gewesen war*. Es war die Stunde des Totwassers – aber das Meer rollte infolge des vorangegangenen Sturms noch immer in haushohen Wogen. Ich wurde von der Strömung heftig mitgerissen und die Küste entlang zu den Fischplätzen der anderen getrieben. Ein

Boot nahm mich auf. Ich war vor Müdigkeit völlig erschöpft und jetzt, da die Gefahr vorüber, sprachlos in der Erinnerung an ihre Schrecken. Die mich an Bord gezogen, waren meine alten Kameraden und täglichen Gefährten, aber sie kannten mich ebensowenig, als sie irgendeinen Wanderer aus dem Reich der Schatten gekannt haben würden. Mein Haar, das tags vorher rabenschwarz gewesen, war so weiß, wie Sie es jetzt erblicken. Man sagt auch, mein Gesichtsausdruck habe sich völlig verändert. Ich erzählte ihnen meine Geschichte – man glaubte sie mir nicht. Ich erzähle sie jetzt Ihnen, doch kann ich auch von Ihnen kaum erwarten, daß Sie ihr mehr Glauben schenken als die kühnen Fischer von Lofoten.«

Die Brille

Vor vielen Jahren pflegte man eine »Liebe auf den ersten Blick« zu belächeln; die Nachdenklichen aber und die Leute von tiefem Gefühl haben ihr Vorhandensein stets anerkannt. Tatsächlich haben moderne Entdeckungen auf einem Gebiete, das man ethischen Magnetismus oder magnetische Ästhetik nennen könnte, es glaubwürdig gemacht, daß die natürlichsten und folglich die wahrsten und stärksten menschlichen Leidenschaften jene sind, die wie mit elektrischer Sympathie im Herzen aufflammen – mit einem Wort, daß die Seelenbeziehungen, die auf den ersten Blick geknüpft werden, die ungetrübtesten und dauerndsten sind. Das Bekenntnis, das ich zu machen gedenke, wird den schon kaum mehr zu zählenden Wahrheitsbeweisen für diese Behauptung einen neuen hinzufügen.

Meine Erzählung verlangt, daß ich etwas weiter aushole. Ich bin noch ein sehr junger Mann, noch nicht zweiundzwanzig Jahre alt. Mein gegenwärtiger Name lautet sehr gewöhnlich und plebejisch – Simpson. Ich sage »gegenwärtig«, denn ich werde erst seit kurzem so genannt, da ich diesen Zunamen im letzten Jahre gesetzlich angenommen habe, um eine große Erbschaft antreten zu können, die mir ein entfernter Verwandter, Adolphus Simpson, hinterlassen hat. Es knüpfte sich die Bedingung daran, daß ich den Namen des Erblassers – den Familien-, nicht den Taufnamen – annehme. Mein Taufname– oder richtiger mein erster und zweiter Rufname – lautet Napoleon Buonaparte.

Ich nahm den Namen Simpson mit einigem Widerstreben an, da mein wirklicher Zuname, Froissart, mich mit verzeihlichem Stolz erfüllte – glaubte ich doch, ich könne meine Abstammung von dem unsterblichen Verfasser der »Chroniques« herleiten. Hinsichtlich der Namen möchte ich nur nebenbei eine eigentümliche Klangähnlichkeit zwischen denen meiner nächsten Vorfahren erwähnen. Mein Vater war ein Monsieur Froissart aus Paris. Seine Frau – meine Mutter, die fünfzehn Lenze zählte, als er sie heiratete – war ein Fräulein Croissart, die älteste Tochter von Croissart, dem Bankier; dessen Frau wiederum, die kaum sechzehn Jahre alt war, als sie die Ehe einging, war die älteste Tochter eines Victor Voissart. Monsieur Voissart aber hatte, höchst seltsam, eine Dame mit ähnlich klingendem Namen geheiratet – eine Mademoiselle Moissart. Auch sie war bei der Eheschließung noch ein wahres Kind, und ihre Mutter, Madame Moissart, zählte ebenfalls erst vierzehn, als sie vor den Altar trat. Solche frühen Ehen sind in Frankreich nichts Außergewöhnliches. Hier nun sind Moissart, Voissart, Croissart und Froissart alle in einer direkten Abstammungslinie. Mein eigener Name wurde aber, wie ich sagte, auf gesetzlichem Wege in Simpson umgewandelt, obschon mir das so zuwider war, daß ich eine Zeitlang ernstlich zögerte, das Legat mit der damit verknüpften, ebenso überflüssigen wie ärgerlichen Bedingung überhaupt anzunehmen.

Mit persönlichen Vorzügen bin ich keineswegs schlecht ausgestattet. Im Gegenteil, ich glaube, ich bin wohlgestaltet und besitze, was neun Zehntel der Menschen ein hübsches Gesicht nennen würden. Meine Größe beträgt fünf Fuß elf Zoll. Mein Haar ist schwarz und lockig, meine Nase gut geformt. Die Augen sind groß und grau, und wenn sie auch in ziemlich störendem Grade schwach sind, so kann man ihnen diesen Mangel doch nicht ansehen. Die Tatsache der Schwäche hat mich allerdings oft sehr behindert, und ich habe zu jedem Heilmittel meine Zuflucht genommen – nur nicht zu Augengläsern. Da ich jung und hübsch bin, so liebe ich natürlich die Gläser nicht und habe mich standhaft geweigert, sie zu benutzen. Wirklich, ich kenne nichts, was die Erscheinung eines jungen Menschen so entstellte, seinen Mienen etwas so Gespreiztes, Scheinheiliges und Bejahrtes gäbe.

Ein Monokel dagegen hat einen Beigeschmack von Geziertheit und fordert zum Spott heraus. Ich habe mich bis jetzt, so gut ich konnte, ohne beides beholfen. Doch ich gehe in der Erwähnung dieser nebensächlichen persönlichen Einzelheiten, die schließlich belanglos sind, wohl zu weit. Ich will mich begnügen, noch zu sagen, daß ich ein sanguinisches, rasches, feuriges, begeisterungsfähiges Temperament besitze – und daß ich allzeit ein ergebener Bewunderer der Frauen gewesen bin.

Im vorigen Winter betrat ich eines Abends in Gesellschaft eines Freundes, Mr. Talbots, eine Loge im P … Theater. Es gab eine Opernvorstellung; die Anzeigen verhießen einen seltenen Genuß, so daß das Haus gedrängt voll war. Wir aber kamen noch rechtzeitig, um die für uns belegten Vordersitze einzunehmen, zu denen wir uns mit einiger Schwierigkeit unsern Weg bahnen mußten.

Zwei Stunden lang schenkte mein Begleiter, der ein begeisterter Musikfreund war, seine ungeteilte Aufmerksamkeit der Bühne; derweil unterhielt ich mich damit, das Publikum zu beobachten, das in der Hauptsache den ersten Gesellschaftskreisen angehörte. Nachdem ich mir hierin Genüge geleistet hatte, wollte ich die Augen der Primadonna zuwenden, als mein Blick von einer Gestalt in einer Privatloge gebannt wurde, die meiner Beobachtung bisher entgangen war.

Wenn ich tausend Jahre lebe, so kann ich nicht die tiefe Ergriffenheit vergessen, mit der ich diese Gestalt betrachtete. Es schien die herrlichste weibliche Erscheinung, die ich je gesehen hatte. Das Antlitz blieb der Bühne so weit zugewandt, daß ich in den ersten Minuten keinen Blick darauf werfen konnte – die Gestalt aber war göttlich; kein andres Wort kann ihr wundervolles Ebenmaß wiedergeben, und selbst die Bezeichnung »göttlich« erscheint mir – nun, da ich sie niederschreibe – lächerlich unzureichend.

Der Zauber einer schönen Frauengestalt, der weiblichen Anmut, war eine Macht, der zu widerstehen mir immer unmöglich gewesen war; hier aber sah ich personifizierte, verkörperte Anmut, das Idol meiner kühnsten und verstiegensten Visionen. Die Gestalt, die in der Loge fast ganz sichtbar war, hatte etwas über Mittelgröße und machte beinahe, wenn auch nicht ganz, den Eindruck des Majestätischen. Ihre reife Fülle und »Tournüre« waren berückend. Der Kopf, den man nur von rückwärts sah, glich in seinem Umriß dem der griechischen Psyche und wurde durch eine elegante Haube aus Schleiergaze mehr gehoben als verborgen; ich mußte an den *»ventum textilem«* des Apulejus denken. Der rechte Arm ruhte auf der Logenbrüstung und ließ in seiner vollendeten Harmonie jeden Nerv in mir erbeben. Sein oberer Teil war von einem der jetzt üblichen, weiten offenen Ärmel verhüllt. Er reichte noch ein wenig über den Ellbogen herab. Darunter kam ein anliegender Unterärmel aus irgendeinem zarten Gewebe zum Vorschein und endete in einer reichen Spitzenmanschette, die anmutig über den Handrücken fiel und nur die feinen Finger enthüllte, auf deren einem ein Diamantring blitzte, den ich sofort als außerordentlich wertvoll erkannte. Die herrliche Rundung des Handgelenks wurde von einem Armband vorteilhaft gehoben, das ebenfalls mit Edelsteinen geschmückt war – eine nicht zu mißdeutende Sprache für die Wohlhabenheit und den erlesenen Geschmack ihrer Trägerin.

Ich blickte zu dieser königlichen Erscheinung wohl eine halbe Stunde hinüber, als sei ich plötzlich in Stein verwandelt, und während der Zeit fühlte ich die volle Kraft und Wahrheit alles dessen, was über »die Liebe auf den ersten Blick« gesagt und gesungen worden ist. Meine Empfindungen waren völlig anders als die, von denen ich bisher selbst in Gegenwart der berühmtesten Vertreterinnen weiblichen Liebreizes ergriffen worden war. Eine unerklärliche und, wie ich annehmen muß, magnetische Seelenneigung schien nicht nur meine Blicke, sondern alle meine Fähigkeit zum Denken und Fühlen an den verehrungswürdigen Gegenstand dort vor mir zu bannen. Ich sah – ich fühlte – ich wußte, daß ich tief, toll, unwiderstehlich verliebt war – und das, noch ehe ich nur das Antlitz des geliebten Wesens erblickt hatte. Wahrhaftig, die Leidenschaft, die mich verzehrte, war so stark, daß ich wirklich glaube, sie würde wenig oder gar nicht nachgelassen haben, selbst wenn die bis jetzt noch unbekannten Gesichtszüge sich nicht über den Durchschnitt erhoben hätten; so ungewöhnlich ist die einzig wahre Liebe – die Liebe auf den ersten Blick – und auch so wenig abhängig von den äußeren Bedingungen, die allein sie hervorzurufen und anzutreiben scheinen.

Während ich so in Bewunderung und Schauen vertieft saß, wurde die Dame durch eine plötzliche Störung im Publikum veranlaßt, den Kopf halb mir zuzuwenden, so daß ich nun das ganze Profil erblicken konnte. Seine Schönheit übertraf noch meine Ahnungen, und dennoch war etwas daran, was mich enttäuschte, ohne daß ich genau sagen konnte, was es war. Ich sagte »enttäuschte«, aber dies ist nicht das rechte Wort. Meine Empfindungen wurden gleichzeitig beruhigt und angestachelt. Sie erlitten Einbuße, was Verzückung anbelangt, und gewannen an stiller Begeisterung – an begeisterter Ruhe. Dieser Empfindungswechsel kam vielleicht von dem madonnenhaften, mütterlichen Ausdruck des Gesichtes, und dennoch wußte ich sofort, daß er nicht ausschließlich daher kommen konnte. Da war noch etwas anderes, ein Geheimnis, das ich nicht aufzudecken vermochte, ein besonderer Zug im Gesicht, der mich ein wenig störte, während er gleichzeitig mein Interesse aufs höchste reizte. Tatsache ist, daß ich mich gerade in der Seelenverfassung befand, in der ein empfänglicher junger Mann jeder außergewöhnlichen Tat fähig ist. Wäre die Dame allein gewesen, so hätte ich zweifellos ihre Loge betreten und sie auf gut Glück angeredet; glücklicherweise hatte sie zwei Begleiter bei sich: einen Herrn und eine auffallend schöne Frau, offenbar einige Jahre jünger als sie selbst.

Ich wälzte tausend Pläne im Geiste herum, wie ich mich wohl er älteren der beiden Damen vorstellen oder wenigstens jetzt ihre Schönheit aus der Nähe bewundern könnte. Ich würde meinen Platz möglichst in ihre Nähe verlegt haben, doch die Tatsache, daß das Theater voll besetzt war, machte das unmöglich, und die strengen Anstandsregeln der Mode hatten seit kurzem die Benutzung des Opernglases in einem solchen Falle gebieterisch untersagt, selbst wenn ich so glücklich gewesen wäre, eines bei mir zu haben; das war aber nicht der Fall, und ich geriet daher in Verzweiflung.

Endlich beschloß ich, mich an meinen Begleiter zu wenden.

»Talbot«, sagte ich, »du hast ein Opernglas. Gib es mir.«

»Ein Opernglas? – Nein! – Was sollte ich denn wohl mit einem Opernglas?« Damit wandte er sich ungeduldig zur Bühne.

»Aber, Talbot«, fuhr ich fort und zog ihn an der Schulter, »höre mal, willst du? Siehst du die Loge? – Dort! – Nein, die nächste. Hast du je ein so entzückendes Weib gesehen?«

»Sie ist sehr schön, gewiß«, sagte er.

»Ich möchte wohl wissen, wer es sein mag.«

»Ja, um des Himmels willen, weißt du denn nicht, wer sie ist? ›Von ihr nichts wissend, schilt unwissend dich.‹ Es ist die berühmte Madame Lalande – die Schönheit des Tages par *excellence* und das Stadtgespräch. Überdies ungeheuer wohlhabend – eine Witwe –und eine große Partie – ist gerade aus Paris angekommen.«

»Kennst du sie?«

»Ja – ich habe die Ehre.«

»Willst du mich vorstellen?«

»Gewiß – mit dem größten Vergnügen; wann soll es geschehen?«

»Morgen, um eins; ich werde dich abholen.« »Sehr gut. Und nun halte den Mund, wenn es dir möglich ist.«

In dieser Hinsicht war ich gezwungen, Talbots Rat zu befolgen; denn er blieb jeder weiteren Frage oder Bemerkung gegenüber taub und befaßte sich für den Rest des Abends ausschließlich mit den Vorgängen auf der Bühne.

Inzwischen hielt ich meine Blicke fest auf Madame Lalande geheftet und hatte schließlich das Glück, ihr voll ins Gesicht sehen zu können. Es war ungemein lieblich; freilich hatte mein Herz mir das vorher gesagt, selbst wenn Talbot mich nicht über diesen Punkt völlig zufriedengestellt hätte – doch immer noch störte mich das unbegreifliche Etwas. Ich kam schließlich zu der Auffassung, daß meine Sinne von einem gewissen ernsten, traurigen oder besser abgespannten Ausdruck beunruhigt wurden, der den Mienen etwas von ihrer Jugend und Frische nahm, jedoch nur, um ihnen eine engelhafte Sanftmut und Majestät zu verleihen und dadurch mein Interesse kraft meiner begeisterungsfähigen und romantischen Veranlagung zehnfach zu steigern.

Während ich meine Augen so schwelgen ließ, bemerkte ich plötzlich zu meiner großen Bestürzung an einem fast unmerklichen Zusammenzucken der Dame, daß sie auf mein beständiges Hinschauen aufmerksam geworden war. Jedoch ich blieb nun einmal völlig bezaubert und konnte den Blick auch nicht für eine Sekunde abwenden. Sie wandte den Kopf zur Seite, und wieder sah ich nur mehr die gemeißelten Linien des Hinterkopfes. Nach einigen Minuten drehte sie, wie aus Neugier, ob ich noch immer hinübersähe, mir langsam wieder das Gesicht zu und begegnete meinem brennenden Blick. Sie senkte sofort die großen dunklen Augen, und ein tiefes Erröten überzog ihre Wangen. Wie groß aber war mein Erstaunen, als sie nun den Kopf nicht zum zweiten Male abwandte, sondern sogar zu einer Lorgnette griff, die an ihrem Gürtel hing – sie erhob – an die Augen führte – und mich dann minutenlang eingehend und bedachtsam durch die Gläser betrachtete.

Wäre der Blitz vor meinen Füßen eingeschlagen, so hätte ich nicht tiefer bestürzt sein können – nur bestürzt – nicht im geringsten verletzt oder empört; obgleich eine so dreiste Handlungsweise bei jedem andern Weibe sehr leicht verletzend oder empörend gewirkt haben würde. Die ganze Sache geschah aber mit soviel Ruhe, soviel Natürlichkeit und Haltung – kurz, mit einer so erkennbaren Wohlerzogenheit –, daß es durchaus nicht unverschämt wirkte, und ich empfand nichts anderes als Verwunderung und Überraschung.

Ich bemerkte, daß sie sich zunächst mit einer kurzen Besichtigung meiner Person begnügte und das Glas sinken ließ. Dann aber – wie von einem neuen Gedanken ergriffen – führte sie es wiederum an die Augen und betrachtete mich nochmals mit gespannter Aufmerksamkeit mehrere Minuten lang – mindestens fünf Minuten lang, möchte ich behaupten.

Dieses für ein amerikanisches Theater so außerordentliche Gebaren erweckte die allgemeine Aufmerksamkeit und verursachte eine gewisse Bewegung, ein Raunen im Publikum, das mich einen Augenblick lang verwirrte, auf Madame Lalandes Mienen aber keine sichtbare Wirkung hervorrief.

Nachdem sie ihre Neugier – wenn es solche war – befriedigt hatte, ließ sie das Glas sinken und wandte ihre Aufmerksamkeit gelassen wieder der Bühne zu, mir, wie vorher, das Profil zukehrend. Ich fuhr unablässig fort, sie anzustarren, wenngleich ich mir der Ungezogenheit dieses Benehmens völlig bewußt war. Auf einmal sah ich, daß ihr Kopf langsam und sachte seine Lage veränderte, und bald hatte ich die Gewißheit, daß die Dame nur so tat, als blicke sie zur Bühne, in Wirklichkeit aber mich aufmerksam betrachtete. Überflüssig, zu sagen, welche Wirkung dieses Betragen einer so bezaubernden Frau auf meine erregbare Seele ausübte.

Nachdem der schöne Gegenstand meiner Leidenschaft mich in solcher Weise wohl eine Viertelstunde lang beaugenscheinigt hatte, wandte sie sich an ihren Begleiter, und während sie sprach, erkannte ich deutlich an den Blicken beider, daß ihr Gespräch sich auf mich bezog.

Als es beendet war, wandte Madame Lalande sich wiederum der Bühne zu und schien für wenige Minuten in die Vorstellung vertieft. Nach Ablauf dieser Frist jedoch wurde ich von neuem dadurch in äußerste Spannung versetzt, daß sie wiederum das ihr zur Seite hängende Lorgnon ergriff, mich wie vorher eingehend betrachtete und mich, ungeachtet des erneuten Gemurmels, mit der nämlichen Überlegenheit, die mich vorhin entzückt und verwirrt hatte, von Kopf zu Fuß musterte.

Dieses ungewöhnliche Benehmen, das mich geradezu in ein Fieber von Begeisterung stürzte – in eine förmliche Liebesraserei –, diente eher zu meiner Ermutigung als Abkühlung. In der verzückten Inbrunst meiner Hingabe vergaß ich alles, bis auf die Anwesenheit und hoheitsvolle Lieblichkeit der Erscheinung, die sich meinen Blicken bot. Ich ergriff daher die Gelegenheit, als ich das Publikum so völlig in die Oper vertieft wähnen konnte, den Blick Madame Lalandes festzuhalten und eine leichte, aber nicht zu mißdeutende Verneigung zu machen.

Sie errötete tief – wandte dann den Blick ab – sah sich darauf langsam und vorsichtig um, offenbar, um festzustellen, ob meine rasche Tat bemerkt worden war, – und neigte sich dann zu dem Herrn an ihrer Seite.

Ich fühlte nun mit brennender Scham das Unangebrachte meiner Handlungsweise und erwartete nichts Geringeres als sofortige Bloßstellung, während mir gleichzeitig der Gedanke an ein Pistolenduell am nächsten Morgen ungemütlich durch den Kopf schoß. Ich fühlte mich aber bald der Besorgnis enthoben, als ich sah, daß die Dame dem Herrn nur wortlos den Theaterzettel reichte. Doch wird sich der Leser nur eine schwache Vorstellung meiner Verblüffung machen können – meiner ungeheuren Bestürzung, der maßlosen, tollen Verwirrung in Herz und Seele –, als sie gleich darauf, nach einem verstohlenen Blick in die Runde, ihre strahlenden Augen voll und fest in meine senkte und dann mit einem leisen Lächeln, das eine leuchtende Reihe ihrer Perlenzähne enthüllte, zweimal deutlich, bestimmt und in nicht mißzuverstehender Bejahung mit dem Kopfe nickte.

Es ist natürlich überflüssig, bei meinem Glück – meiner Verzückung – meiner grenzenlos überströmenden Herzensfreude zu verweilen. Wenn je ein Mann aus Übermaß an Glück verzückt war, so war ich es in jenem Augenblick. Ich liebte. Es war meine erste Liebe – ich fühlte es. Es war eine himmlische – eine unbeschreibliche Liebe. Es war die »Liebe auf den ersten Blick«, und sie war ebenso auf den ersten Blick gewürdigt und erwidert worden.

Jawohl, erwidert. Wie und wann hätte ich nur für einen Augenblick daran zweifeln sollen? Welche andere Deutung hätte ich wohl solchem Verhalten von seiten einer so schönen, so reichen, so ersichtlich wohlerzogenen Dame in so hoher gesellschaftlicher Stellung geben sollen, die in jeder Hinsicht so achtenswert war, wie Madame Lalande es – das fühlte ich – sein mußte? Ja, sie liebte mich – sie erwiderte die Ekstase meiner Liebe mit einer ebenso blinden Begeisterung – ebenso unwandelbar – ebenso unüberlegt – ebenso hingebungsvoll – und ebenso unbeherrscht wie ich in meiner Liebe! Diese köstlichen Phantasien und Schlußfolgerungen wurden jetzt aber durch das Fallen des Vorhangs unterbrochen. Das Publikum erhob sich, und sofort setzte der übliche Tumult ein. Ich ließ Talbot stehen und gab mir alle Mühe, in Madame Lalandes Nähe zu gelangen. Doch mißglückte mir das infolge des Gedränges, und so gab ich die Jagd schließlich auf und lenkte meine Schritte heimwärts. Über das Mißgeschick, das mir nicht vergönnt hatte, auch nur den Saum ihres Kleides zu berühren, tröstete ich mich mit dem Gedanken, daß ich von

Talbot am folgenden Tage in aller Form bei ihr eingeführt werden sollte.

Dieser Tag kam endlich; das heißt, nach einer langen Nacht qualvoller Ungeduld dämmerte der Tag, und nun folgten schneckenlangsam trübe und zahllose Stunden, bis es eins wurde. Doch es heißt ja, »selbst Stambul hat ein Ende«, und so fand auch diese lange Frist ihre Grenze. Die Uhr schlug. Und als der Schlag verklungen war, betrat ich Talbots Wohnung und fragte nach ihm.

»Fort«, sagte der Lakai – Talbots Kammerdiener.

»Fort?« erwiderte ich und prallte ein paar Schritte weit zurück; »höre, mein schlauer Junge, das ist ganz ausgeschlossen, ganz und gar unmöglich; Mr. Talbot ist nicht fort. Was meinst du damit?«

»Nichts, Herr; nur, Mr. Talbot ist nicht da. Das ist alles. Er ist nach S. hinübergeritten, gleich nach dem Frühstück, und hat hinterlassen, daß er nicht vor Ablauf einer Woche in die Stadt zurückkommen würde.«

Ich stand vor Schreck und Wut versteinert. Ich versuchte, zu entgegnen, doch die Zunge versagte mir den Dienst. Endlich drehte ich mich, krebsrot vor Grimm, auf dem Absatz herum und wünschte das ganze Geschlecht der Talbots zu allen Teufeln. Es war klar, daß mein geschätzter Freund, *il fanatico,* seine Verabredung mit mir ganz vergessen hatte – sie im Augenblick, wo sie getroffen wurde, vergessen hatte. Er war nie der Mann gewesen, der sein Wort sehr wichtig nahm. Da war nichts zu machen; ich dämpfte also meine Entrüstung, so gut ich konnte, und schritt übelgelaunt die Straße hinunter, indem ich jedem Bekannten, den ich traf, mit belanglosen Fragen nach Madame Lalande zusetzte. Ich fand, daß alle sie vom Hörensagen kannten, viele vom Sehen – sie war aber erst seit einigen Wochen in der Stadt, daher gab es nur wenige, die sich ihrer persönlichen Bekanntschaft rühmen konnten. Und diese wenigen, die ihr verhältnismäßig fremd waren, konnten oder wollten sich nicht die Freiheit herausnehmen, mich durch einen förmlichen Vormittagsbesuch bei ihr einzuführen. Als ich nun so voll Verzweiflung mit einem Freundeskleeblatt über den ausschließlichen Gegenstand meiner Herzensneigung sprach, geschah es, daß dieser Gegenstand selber vorbeikam.

»Bei meinem Leben, da ist sie!« rief einer.

»Überwältigend schön!« rief der zweite.

»Ein Engel auf Erden!« äußerte der dritte.

Ich sah hin; in einem offenen Wagen, der langsam näher kam, saß meine bezaubernde Erscheinung aus der Oper in Begleitung der jungen Dame, die mit ihr in der Loge gewesen war.

»Auch ihre Begleiterin konserviert ausgezeichnet«, sagte jener der drei, der zuerst gesprochen hatte.

»Erstaunlich«, sagte der zweite, »geradezu glänzend; doch Kunst tut Wunder. Auf mein Wort, sie sieht heute besser aus als vor fünf Jahren in Paris. Noch immer eine schone Frau; – findest du nicht auch, Froissart? – Simpson, meine ich.«

»Noch immer?« sagte ich. »Und warum sollte sie nicht? Doch verglichen mit ihrer Freundin ist sie wie ein Nachtlicht zum Abendstern – ein Glühwürmchen zum Antares.«

»Ha, ha, ha! – Höre, Simpson, du hast ja eine erstaunliche Begabung, Entdeckungen zu machen – originell, meine ich.« Und so trennten wir uns, während einer der drei ein lustiges Vaudeville zu summen begann, von dem ich nur die Worte

»Ninon, Ninon, Ninon à bas –
A bas Ninon de l'Enclos!« auffing.

Eines aber an dieser kleinen Szene hatte wesentlich dazu beigetragen, mich zu trösten, wenngleich es der verzehrenden Leidenschaft neue Nahrung gab. Als der Wagen Madame Lalandes an unsrer Gruppe vorüberfuhr, sah ich, daß sie mich erkannte. Und mehr als dies; sie hatte mir durch ein engelgleiches Lächeln ein unzweideutiges Zeichen des Wiedererkennens gegeben.

Die Hoffnung, bei ihr eingeführt zu werden, mußte ich allerdings vertagen, bis Talbot sich bewogen fühlte, vom Lande zurückzukehren. Inzwischen besuchte ich jede vornehme Vergnügungsstätte, und endlich wurde mir das himmlische Glück zuteil, ihr in dem Theater, in dem ich sie zuerst gesehen hatte, wieder zu begegnen. Das geschah jedoch erst nach Ablauf von vierzehn Tagen. Inzwischen hatte ich jeden Tag in Talbots Wohnung nach ihm gefragt und war jeden Tag durch das standhafte »Noch nicht zurückgekommen« seines Dieners erneut in einen Wutanfall versetzt worden.

An dem fraglichen Abend geriet ich daher in einen Zustand, der nahe an Verrücktheit grenzte. Madame Lalande, hatte man mir gesagt, war eine Pariserin – war unlängst aus Paris eingetroffen; konnte sie nicht plötzlich dorthin zurückkehren? – Zurückkehren, ehe Talbot wiederkam – und mir so für immer verloren gehen? Der Gedanke war unerträglich. Da mein Zukunftsglück auf dem Spiele stand, beschloß ich, mit männlicher Entschlossenheit zu handeln. Mit einem Wort: als das Stück aus war, folgte ich der Dame bis zu ihrem Hause, notierte die Adresse und sandte ihr am andern Morgen einen langen und ganz ausführlichen Brief, in dem ich ihr mein ganzes Herz ausschüttete.

Ich sprach kühn, frei – kurz, ich sprach mit Leidenschaft. Ich verbarg nichts – auch von meiner Schwachheit nichts. Ich berief mich auf die romantischen Umstände unsrer ersten Begegnung – sogar auf die Blicke, die zwischen uns getauscht worden waren. Ich ging so weit, zu sagen, ich sei von ihrer Liebe überzeugt, während ich diese Gewißheit und meine eigne innige Ergebenheit als zwei Entschuldigungsgründe für mein andernfalls unverzeihliches Betragen anführte. Als dritten Grund nannte ich meine Besorgnis, sie könne die Stadt verlassen, ehe mir Gelegenheit zu einer offiziellen Einführung bei ihr geboten werde. Ich schloß diese begeistertste aller Episteln mit einer freimütigen Darlegung meiner äußeren Umstände – meines Reichtums – und mit dem Anerbieten von Herz und Hand.

In wahrer Todesangst sah ich der Antwort entgegen. Nachdem ein Jahrhundert verflossen zu sein schien, kam sie.

Ja, sie kam. So romantisch es scheinen mag, ich bekam tatsächlich von Madame Lalande einen Brief – von der schönen, der wohlhabenden, der angebeteten Madame Lalande. Ihre Augen – ihre prachtvollen Augen – hatten ihr edles Herz nicht Lügen gestraft. Als echte Französin, die sie war, ließ sie sich von dem Freimut ihres Geistes, vom edlen Impuls ihrer Natur leiten und setzte sich über die konventionelle Prüderie hinweg. Sie verschmähte meinen Antrag nicht. Sie hüllte sich nicht in Schweigen. Sie schickte meinen Brief nicht uneröffnet zurück. Sie beantwortete ihn sogar mit einem von ihren eignen holden Fingern geschriebenen Brief. Er lautete so:

»Mr. Simpson vird fersein mier fuer nict ausuebn der shoenn Sprac von seine lant so goutt als solte sein. Es ise ers kuerzlig das ic bin komen un ab jez nog nic geab der guelegueneit fon zu ir – *l'étudier.*

Mit disen Enshoultigoung fur du *manière,* ic vill *hélas!* – Monsieur Simpson guerat at nur nun sag das, ßou vahr. Ise noetic ic Sagen meer? *Hélas!* ab ic shon ßou vill sagen meine Err?

Eugénie Lalande«

Dieses edelsinnige Briefchen küßte ich tausendmal und beging in Freude darüber zweifelsohne unzählige andere Dummheiten, die jetzt meinem Gedächtnis entfallen sind. Noch immer wollte Talbot nicht zurückkehren. Ach, hätte er nur die leiseste Ahnung gehabt, welche Qualen seine Abwesenheit seinem Freunde brachte –

würde seine mitfühlende Seele nicht sofort zu meiner Befreiung herbeigeeilt sein? Jedoch, er kam nicht. Ich schrieb. Er erwiderte. Er sei durch dringende Geschäfte zurückgehalten, komme aber bald wieder. Er bat mich, nicht ungeduldig zu sein, meine Aufregung zu mäßigen, beruhigende Lektüre zu wählen, keine stärkeren Getränke als Limonade zu genießen und die Tröstungen der Philosophie zu Hilfe zu nehmen. Der Narr! Wenn er nicht selber kommen konnte, warum konnte er mir nicht vernünftigerweise einen Empfehlungsbrief beilegen? Ich schrieb wieder und ersuchte ihn, sogleich einen zu senden. Mein Brief wurde mir von seinem Diener mit folgender Bleistiftnotiz zurückgesandt. Der Schurke hatte sich zu seinem Herrn aufs Land hinausbegeben.

»Hat S … gestern verlassen, unbekannt wohin – hat nichts darüber gesagt – auch nicht, wann er zurückkommt – hielt es daher fürs beste, Brief zurückzugeben, da ich Ihre Handschrift kenne und Sie es immer mehr oder weniger eilig haben.

Ihr ergebener Taps«

Es ist überflüssig, zu sagen, daß ich hiernach Herrn und Diener zu allen Teufeln wünschte; doch Ärger konnte wenig nützen, und alles Klagen brachte keinen Trost.

Eine Zuflucht aber bot mir mein erfinderischer Wagemut. Bis hierher hatte er mir gut gedient, und ich beschloß nun, daß er mich zum Ziel bringen sollte. Gab es denn überhaupt noch nach dem Briefwechsel, der zwischen uns stattgefunden hatte, irgendeine nur gegen den guten Ton verstoßende Tat, die Madame Lalande mir noch als ungehörig anrechnen würde? Seit dem Ereignis mit dem Brief hatte ich die Gewohnheit angenommen, ihr Haus zu beobachten, und dabei herausgefunden, daß sie zur Dämmerstunde nur in Begleitung eines Negers in Livree auf einem öffentlichen Platz spazieren zu gehen pflegte, der vor ihren Fenstern lag. Hier unter üppigen, schattenspendenden Baumkronen ergriff ich im grauen Dämmerschein eines lieblichen Hochsommerabends die Gelegenheit, sie anzureden.

Um den begleitenden Diener irrezuführen, tat ich das mit der gelassenen Miene eines alten und vertrauten Bekannten. Mit echt pariserischer Geistesgegenwart ging sie sogleich auf dieses Spiel ein und hielt mir zum Gruß die berückende kleine Hand entgegen. Der Lakai zog sich sofort in den Hintergrund zurück, und nun sprachen wir mit überströmend vollen Herzen lang und rückhaltlos von unsrer Liebe.

Da Madame Lalande das Englische noch schlechter sprach, als sie es schrieb, so führten wir unser Gespräch notgedrungen auf französisch. In dieser betörenden und leidenschaftlichen Sprache ließ ich meinen ungestümen Gefühlen freien Lauf und suchte sie mit aller nur verfügbaren Beredsamkeit zu einer sofortigen Heirat zu bestimmen.

Sie lächelte über diese Ungeduld. Sie erwähnte den zu wahrenden Anstand, diesen Popanz, der so viele schon der Seligkeit beraubte, bis die Gelegenheit verpaßt war. Sie sagte, ich hätte höchst unklugerweise meine Freunde wissen lassen, daß ich ihre Bekanntschaft suchte – daß ich sie also nicht besaß – somit war keine Möglichkeit, das Datum unseres Bekanntwerdens zu verheimlichen. Und dann wies sie errötend darauf hin, wie äußerst jung dieses Datum sei. Sofort zu heiraten, wäre unangebracht –wäre gegen die gute Sitte – wäre *outré!* All das sagte sie mit einer reizenden Naivität, die mich entzückte, während sie mich gleichzeitig betrübte und überzeugte. Sie ging sogar so weit, mich lachend der Überstürzung, der Unvorsichtigkeit u zeihen. Sie bat mich, zu bedenken, daß ich wirklich nicht einmal wüßte, wer sie sei – wie ihre Verhältnisse seien, was für Beziehungen und welche gesellschaftliche Stellung sie habe. Sie bat mich, aber mit einem Seufzer, meinen Antrag zu überdenken, und nannte meine Liebe Verblendung – einen leichtsinnigen Streich – eine Augenblickslaune – eher ein grundloses und schwankendes Spiel meiner Phantasie als eine Herzensfrage. Diese Dinge brachte sie vor, während das sanfte Zwielicht uns dunkler und dunkler umschattete, und dann warf sie mit einem zarten Druck ihrer feenhaften Hand in einem einzigen süßen Augenblick all das Zeug, das sie zum Beweise angeführt hatte, wieder über den Haufen.

Ich erwiderte, so gut ich konnte – wie nur ein ehrlich Liebender es kann. Ich sprach lange und eindringlich von meiner Ergebenheit, meiner Leidenschaft, von ihrer außerordentlichen Schönheit und meiner begeisterten Bewunderung. Zum Schluß verweilte ich mit überzeugender Gewalt bei den Gefahren, die den Lauf der Liebe umgeben, jenen Strom der wahren Liebe, der niemals sanft dahinfließt, und leitete davon die naheliegende Gefahr ab, daß dieser Lauf unnötig auf seinem Wege gehemmt werde.

Das letzte Argument schien endlich ihren strengen Entschluß zu mildern. Sie gab nach; da sei aber noch ein Hemmnis, sagte sie, das ich nach ihrer Überzeugung nicht genügend beachtet hätte. Es sei ein heikler Punkt – für eine Frau besonders schwer vorzubringen; wenn sie ihn erwähne, so müsse sie ihrer Feinfühligkeit ein Opfer auferlegen – dennoch, für mich solle jedes Opfer gebracht werden. Sie wies auf den Altersunterschied hin. Ob mir bewußt sei – ob mir die wahre Natur solchen Abstandes zwischen uns voll bewußt sei? Daß das Alter des Mannes das der Frau um ein paar Jahre – um fünfzehn bis zwanzig sogar – übersteige, werde von der Welt für zulässig gehalten und sogar für richtig; sie habe aber stets die Ansicht vertreten, daß niemals die Frau den Gatten an Jahren übertreffen dürfe. Ein derart unnatürliches Verhältnis sei allzuoft Ursache eines unglücklichen Daseins. Nun wisse sie, daß mein Alter nicht mehr als zweiundzwanzig Jahre betrage, ich aber wisse dagegen wohl nicht, daß die Lebensjahre meiner Eugénie diese Zahl ganz beträchtlich überstiegen.

Auf alledem lag ein Adel der Seele, eine Würde und Redlichkeit, die mich entzückten – bezauberten – mich in ewige Fesseln schlugen. Ich konnte meine ungeheure Ergriffenheit kaum meistern.

»Meine süßeste Eugénie«, rief ich, »was soll das alles, was Sie da reden? Sie sind einige Jahre älter als ich. Doch was ist dabei? Die Gebräuche der Welt sind ebensoviele konventionelle Torheiten. Wer so liebt wie wir – ist dem ein Jahr mehr als eine Stunde? Ich bin zweiundzwanzig, sagen Sie; zugegeben. Sie könnten mir aber wirklich gleich dreiundzwanzig zuerkennen. Sie nun, meine liebste Eugénie, können nicht mehr zählen als – können nicht mehr zählen als – nicht mehr als – als – als –als –«

Hier machte ich eine Pause, in der Erwartung, daß Madame Lalande mich mit der Angabe ihres wirklichen Alters unterbrechen würde. Eine Französin aber ist selten deutlich und hat auch immer auf eine verwirrende Frage eine schlagfertige und geistreiche Antwort bereit. Eugénie, die seit ein paar Augenblicken in ihrem Mieder etwas zu suchen schien ließ gerade jetzt ein Miniaturbild zu Boden fallen, das ich sofort aufhob und ihr reichte.

»Behalten Sie es!« sagte sie mit ihrem bezauberndsten Lächeln. »Behalten Sie es um meinetwillen – die nur allzu geschmeichelt auf ihm dargestellt ist. Übrigens können Sie auf der Rückseite des Kleinods vielleicht die Aufklärung finden, die Sie zu suchen scheinen. Allerdings ist es inzwischen ziemlich dunkel geworden – Sie können es aber morgen früh nach Gefallen betrachten. Inzwischen wollen Sie mich heute abend heimbegleiten. Meine Freunde kommen zu einem kleinen musikalischen Lever. Ich kann Ihnen auch einige gute Gesangsvorträge zusichern. Wir Franzosen sind lange nicht so steif wie ihr Amerikaner; ich kann Sie dabei unschwer als eine alte Bekanntschaft bei mir einschmuggeln.«

Damit nahm sie meinen Arm, und ich geleitete sie heim. Das Haus war recht schön und, wie ich glaube, geschmackvoll eingerichtet. Über diesen Punkt kann ich allerdings kaum ein Urteil abgeben, denn als wir ankamen, wurde es gerade dunkel, und in guten amerikanischen Häusern wird in der heißen Sommerzeit selten zu dieser angenehmsten Tagesstunde Licht gemacht. Gewiß, etwa eine Stunde nach meiner Ankunft wurde in dem eigentlichen Gesellschaftsraum eine einzelne gedämpfte große Lampe erhellt, und dieser Raum war, wie ich nun sehen konnte, mit ungewöhnlichem Geschmack und sogar prunkvoll eingerichtet; zwei andre Gemächer der Zimmerflucht aber, in denen sich die Gesellschaft in der Hauptsache aufhielt, blieben den ganzen Abend über in wohltuendem Halbdunkel. Dies ist ein löblicher Brauch, seinen Gästen wenigstens zwischen Licht und Schatten die Wahl zu lassen – ein Brauch, den unsre Freunde überm Wasser unverzüglich übernehmen sollten.

Der Abend, den ich da verbrachte, war fraglos der köstlichste meines Lebens. Madame Lalande überschätzte die musikalischen Fähigkeiten ihrer Freunde nicht, und einen so guten Gesang wie hier hatte ich außer in Wien nirgends in einem häuslichen Kreise vernommen. Es waren viele vortreffliche Musiker da. Der Gesang aber wurde meist von Damen bestritten, und es war keine unter ihnen, die nicht wenigstens Gutes gegeben hätte. Schließlich, als ein hartnäckiger Ruf nach »Madame Lalande« erscholl, erhob sie sich ohne Zieren und Zögern von der Chaiselongue, auf der sie an meiner Seite gesessen hatte, und begab sich in Begleitung einiger Herren und ihrer Freundin aus der Oper zum Klavier im großen Gesellschaftszimmer. Ich würde sie selbst dorthin begleitet haben, bedachte aber, daß ich unter den Umständen, unter denen ich in das Haus eingeführt worden war, besser unbeachtet blieb, wo ich mich befand. Ich wurde so der Freude beraubt, sie singen zu sehen, nicht aber, sie zu hören.

Der Eindruck, den sie auf die Gesellschaft machte, war wie elektrisierend; der Eindruck auf mich aber war mehr als das. Ich weiß nicht, wie ich ihn richtig beschreiben soll. Zweifellos erwuchs er zum Teil dem Gefühl der Liebe, das mich durchdrang; in der Hauptsache aber mußte er meiner Überzeugung nach doch auf die wunderbare Gemütstiefe der Sängerin zurückgeführt werden. Keine Kunst könnte eine Arie oder ein Rezitativ mit leidenschaftlicherem Ausdruck wiedergeben, als es ihre tat. Ihre Darbietung der Romanze aus »Othello« – der Ton, mit dem sie die Worte *»Sul mio sasso«* aus dem »Capuletti« gab – klingt mir noch jetzt in den Ohren. Ihre tiefen Töne waren geradezu übernatürlich. Ihre Stimme umfaßte drei volle Oktaven, vom D des Kontra-Alt bis um D des oberen Sopran; sie hätte ausgereicht, um das Theater San Carlos zu füllen, und bewältigte mit spielender Sicherheit jede schwere Passage der Gesangskomposition – Tonleitern hinauf und hinunter, Kadenzen oder *»fiorituri«*. Im Finale der »Somnambula« hatte sie eine ganz besondere Wirkung mit den Worten

> *»Ah! non giunge uman pensiero*
> *Al contento ond' io son piena.«*

Hier – in einer Nachahmung der Malibran – änderte sie den Originalsatz Bellinis dahin ab, daß sie die Stimme bis zum Tenor G hinabsteigen ließ, um dann in plötzlichem Übergang das dreigestrichene G zu bringen. Sie übersprang also einen Raum von zwei Oktaven.

Nach dieser stimmlichen Wunderleistung erhob sie sich vom Klavier und nahm ihren Sitz an meiner Seite wieder ein; in den Ausdrücken tiefster Ergriffenheit sprach ich mein Entzücken über das Gehörte aus. Von meiner Überraschung sagte ich nichts, und doch war ich in Wahrheit höchst überrascht gewesen; denn eine leise Schwäche oder vielmehr ein gewisses Zittern in ihrer Stimme beim Sprechen hatte mich vermuten lassen, sie werde beim Singen keine besonderen Fähigkeiten entwickeln. Wir führten nun eine lange, ernste, ununterbrochene und rückhaltlose Unterhaltung. Sie ließ mich viel aus meiner Vergangenheit erzählen und lauschte mit atemloser Aufmerksamkeit jedem Wort. Ich verheimlichte nichts – ich fühlte, daß ich vor ihrer vertrauenden Zuneigung nichts zu verbergen brauchte. Ermutigt durch ihre Offenheit in der heiklen Altersfrage, gab ich nicht nur eine unverhüllte Schilderung all meiner kleinen Fehler, sondern legte ein volles Bekenntnis jener moralischen und sogar jener leiblichen Gebrechen ab, deren Enthüllung ein um so stärkerer Beweis von wahrer Liebe ist, je mehr Mut sie erfordert. Ich berührte die Unbesonnenheiten meiner Studentenzeit, meine Torheiten, meine Gelage, meine Schulden, meine Liebeleien. Ich ging sogar so weit, von einem leichten hektischen Husten zu reden, der mich einmal geplagt hatte – von einem chronischen Rheumatismus – von einer kleinen Belästigung durch ererbte Gicht – und ganz zuletzt sogar noch von der unangenehmen und peinlichen, bis jetzt aber stets sorgsam geheimgehaltenen Schwäche meiner Augen.

»In diesem Punkt war Ihre Beichte sicher unklug«, sagte Madame Lalande mit einem Lächeln, »denn ich bin sicher, daß ohne Ihr Geständnis keiner Sie dieses Gebrechens bezichtigt haben würde. Übrigens«, fuhr sie fort, »entsinnen Sie sich vielleicht« – und hier war es mir, als bemerkte ich trotz der Dunkelheit im Raume ein Erröten bei ihr –»*mon cher ami,* entsinnen Sie sich vielleicht dieses kleinen Augenglases, das ich hier Halse trage?«

Während sie das sagte, drehte sie das nämliche Augenglas zwischen den Fingern, das mich in der Oper so namenlos verwirrt hatte.

»Ach! ganz genau entsinne ich mich«, rief ich und preßte leidenschaftlich die zarte Hand, die mir das Glas zum Betrachten reichte. Es war ein luxuriöser, reich ziselierter und mit Edelsteinen gezierter Gegenstand, der, wie ich sogar bei dem herrschenden Halbdunkel erkennen konnte, von hohem Werte sein mußte.

»*Eh bien, mon ami*«, begann sie mit einer Eindringlichkeit, die mich überraschte – »*Eh bien, mon ami*, Sie haben mich feierlich um eine Gunst ersucht, die Sie liebenswürdigerweise unbezahlbar nannten. Sie haben mich für morgen um meine Hand gebeten. Sollte ich Ihren Bitten – und, wie ich hinzufügen kann, den Wünschen meines eigenen Herzens – nachgeben, wäre ich da nicht berechtigt, eine kleine – sehr kleine Gegengunst zu erbitten?«

»Nenne sie!« rief ich mit einer Kraft, die beinahe die Aufmerksamkeit der Gäste auf uns gelenkt hätte, deren Anwesenheit allein mich zurückhielt, ihr ungestüm zu Füßen zu fallen. »Nenne sie! Geliebte, meine Eugénie, du, die Meine! – Nenne sie! – Doch ach, sie ist ja schon im voraus gewährt.«

»So sollen Sie denn, *mon ami*,« sagte sie, »jener Eugénie zuliebe, die Sie lieben, die soeben bekannte kleine Schwäche bekämpfen – diese mehr moralische als physische Schwäche –, die, ich versichere es, so wenig zu dem Adel Ihrer wahren Natur paßt – so gar nicht mit der sonstigen Freimütigkeit Ihres Charakters übereinstimmt – und die, wenn mir noch ein Hinweis erlaubt ist, Sie bestimmt früher oder später einmal in Unannehmlichkeiten bringen wird. Sie sollen um meinetwillen diese Eitelkeit überwinden, die, wie Sie selbst gestehen, Sie veranlaßt, die Schwäche Ihrer Augen zu verheimlichen. Denn in Wahrheit leugnen Sie doch diese Schwäche ab, indem Sie sich weigern, das Hilfsmittel dagegen anzuwenden. Sie werden also verstehen, daß ich Sie veranlassen möchte, eine Brille zu tragen, – ah, still! – Sie haben ja schon zugestimmt, sie mir zuliebe tragen zu wollen. Sie sollen das kleine Ding hier in meiner Hand von mir annehmen, das, so unschätzbar es auch als Augenglas ist, als Schmuckstück keinen allzugroßen Wert bedeutet. Sie sehen, daß es durch eine kleine Veränderung, so – oder so – als Brille aufgesetzt oder in der Westentasche als

Einglas getragen werden kann. Sie haben mir aber bereits zugesagt, es in ersterer Gestalt und gewohnheitsmäßig – um meinetwillen – tragen zu wollen.«

Ich muß gestehen, daß dieses Verlangen mich nicht wenig verwirrte. Die Bedingung aber, an die es geknüpft war, stellte natürlich jedes Zögern außer Frage.

»Es sei!« rief ich mit aller Begeisterung, die ich im Augenblick aufbringen konnte. »Es sei – ich stimme freudig zu. Ich opfere um deinetwillen jede Empfindsamkeit. Heute trage ich dieses liebe Augenglas als Einglas und auf meinem Herzen; mit dem ersten Grauen des Morgens aber, der mir das Glück bringt, dich mein Weib zu nennen, will ich es auf meine – auf meine Nase setzen – und künftighin dort belassen, in der weniger romantischen und weniger kleidsamen, sicher aber dienlicheren Form, die du wünschest.«

Unser Gespräch wandte sich jetzt den Einzelheiten unsrer Vereinbarung für den kommenden Tag zu. Talbot, so erfuhr ich von meiner Verlobten, war soeben in der Stadt angekommen. Ich sollte ihn sogleich aufsuchen und einen Wagen besorgen. Die Soiree würde kaum vor zwei Uhr beendet sein, und um diese Stunde sollte das Gefährt vor der Tür sein. Bei dem Durcheinander der sich entfernenden Gäste würde es Madame Lalande leicht sein, unbeobachtet Platz zu nehmen. Dann sollten wir bei einem Geistlichen vorfahren, der uns erwarten würde, von ihm getraut werden, Talbot absetzen und eine kurze Reise nach dem Osten antreten – die große Welt hinter uns lassend, die dann den Fall nach Gutdünken durchhecheln mochte.

Nachdem das alles verabredet war, entfernte ich mich sofort und begab mich auf die Suche nach Talbot, doch konnte ich mich unterwegs nicht zurückhalten, in ein Gasthaus einzutreten, um die Miniatur zu betrachten; ich tat es mit Hilfe der ausgezeichneten Gläser. Das Antlitz war überwältigend schön. Die großen

strahlenden Augen! Die stolze griechische Nase! Die dunklen üppigen Locken! – »Ah!« sprach ich frohlockend zu mir selbst, »das
ist wahrhaftig das sprechende Ebenbild meiner Geliebten!« – Ich
betrachtete die Rückseite und entdeckte die Worte – »Eugénie
Lalande – siebenundzwanzig Jahre und sieben Monate.«

Ich fand Talbot zu Hause und begann ohne weiteres, ihn mit
meinem Glück bekannt zu machen. Er war natürlich ungemein
erstaunt, gratulierte mir aber sehr herzlich und erbot sich zu jedem
Beistand, der in seiner Macht liege. Mit einem Wort, wir führten
unsere Verabredung pünktlich aus, und um zwei Uhr morgens,
genau zehn Minuten nach der Zeremonie, befand ich mich mit
Madame Lalande – mit Madame Simpson wollte ich sagen – in
einem geschlossenen Wagen, der mit größter Geschwindigkeit
aus der Stadt hinausfuhr, in nord-nord-östlicher Dichtung.

Talbot hatte uns veranlaßt, da wir die ganze Nacht auf sein
mußten, in C … unsern ersten Halt zu machen, einem etwa
zwanzig Meilen hinter der Stadt gelegenen Dorf; dort sollten wir
ein Frühstück und ein wenig Ruhe genießen, ehe wir unsere Reise
fortsetzten. Punkt vier Uhr fuhr also der Wagen bei dem ersten
Gasthof im Orte vor. Ich half meiner angebeteten Gattin heraus
und bestellte sodann das Frühstück. Inzwischen wies man uns in
ein kleines Zimmer, und wir nahmen Platz.

Es war indessen beinahe, wenn nicht völlig, Tag geworden, und
als ich entzückt auf den Engel an meiner Seite blickte, kam mir
ganz plötzlich der seltsame Gedanke, daß dies seit meiner Bekanntschaft mit der berühmten Schönheit Madame Lalande tatsächlich
der erste Augenblick war, wo ich diese Schönheit bei Tageslicht
aus der Nähe betrachten durfte.

»Und nun, *mon ami,*« sagte sie, indem sie meine Hand nahm
und so meinen Gedankengang unterbrach, »und nun, *mon cher
ami,* da wir unlöslich vereint sind – da ich deinen leidenschaftlichen Bitten nachgegeben und meinen Teil der Vereinbarung erfüllt

habe, nehme ich an, du hast nicht vergessen, daß auch du mir eine kleine Gunst zu erweisen hast – ein kleines Versprechen, das du gewiß erfüllen willst. Laß mich sehen! Laß mich nachdenken! Ja; ich erinnere mich unschwer des genauen Wortlauts des lieben Versprechens, das du deiner Eugénie heute nacht gegeben hast. Höre! So sagtest du: ›Es sei – ich stimme freudig zu. Ich opfere um Deinetwillen jede Empfindsamkeit! Heute trage ich dieses liebe Augenglas als Einglas und auf meinem Herzen; mit dem ersten Grauen des Morgens aber, der mir das Glück bringt, dich mein Weib zu nennen, will ich es auf meine – auf meine Nase setzen – und künftighin dort belassen, in der weniger romantischen und weniger kleidsamen, sicher aber dienlicheren Form, die du wünschest.‹ Das waren genau die Worte, mein geliebter Mann, nicht wahr?«

»So ist es«, sagte ich, »du hast ein ausgezeichnetes Gedächtnis; und selbstredend, meine schöne Eugénie, habe ich auch nicht die Absicht, das kleine Versprechen, das diese Worte enthalten, zu umgehen. Sieh! Schau her! Ist sie nicht – eigentlich – ganz kleidsam?« Und hier setzte ich die Brille, in die ich das Glas zunächst umgewandelt hatte, behutsam auf, während Madame Simpson ihre Haube zurechtrückte, die Arme kreuzte und herausfordernd, sogar recht steif und geziert und in nicht sehr würdevoller Haltung in ihrem Stuhle saß.

»Gott steh mir bei!« rief ich fast im gleichen Augenblick, als die Brille mir auf der Nase saß – »Herrgott, steh mir bei! – Was, was kann denn nur mit der Brille los sein?« Und rasch nahm ich sie ab, rieb sie sorgsam mit einem seidenen Taschentuch und setzte sie wieder auf.

Wenn aber im ersten Augenblick sich nur etwas ereignet hatte, was mich überraschte, so wurde im nächsten Augenblick die Überraschung zum Erstaunen, und dies Erstaunen war tief – war grenzenlos – ja, ich kann sagen, es war grauenvoll. Bei allem, was scheußlich ist, was hatte das zu bedeuten? Konnte ich meinen Augen trauen? – konnte ich? – Da lag die Frage. War das – war das – war das »Rouge«? Und waren das – waren das – waren das Runzeln im Antlitz Eugénie Lalandes? Und, o Jupiter! Und bei allen Göttern, den großen wie den kleinen! Was – was – was – was war aus ihren Zähnen geworden? Ich schleuderte die Brille heftig zu Boden, sprang auf die Füße und stand aufrecht mitten im Zimmer Mrs. Simpson gegenüber, die Arme in die Hüften gestemmt; ich knirschte, ich raste, war aber gleichzeitig einfach sprachlos und hilflos vor Wut und Entsetzen.

Nun habe ich ja schon gesagt, daß Madame Eugénie Lalande – das heißt Simpson – die englische Sprache kaum besser reden als schreiben konnte, und aus dem Grunde versuchte sie wohlweislich nie, sie für gewöhnlich anzuwenden. Die Wut aber kann eine Dame zum Äußersten treiben, und im vorliegenden Falle trieb sie Mrs. Simpson zu dem wirklich außerordentlichen Einfall, eine Rede in einer Sprache zu halten, die sie nicht ganz beherrschte.

»Nun, Err! Un vas denn? Vas sein loß? Sein es den Danz von der Sank Veit, der Sie aben? Wenn nikt mögen mir, was dann kauf Katz in Sack?«

»Du Hexe!« sagte ich, nach Atem ringend – »du – du – du widerliches altes Scheusal!«

»Scheusal? – alde? – Ick gar nikt so serr alde! Ick kein Dag merr als zweiunakzig.«

»Zweiundachtzig!« stammelte ich und tastete nach der Wand – »Zweiundachtzigtausend Paviane! Auf der Miniatur stand siebenundzwanzig Jahre und sieben Monate!«

»Gewiß! Dat ise so – serr wahr! Aberr dann der portraite sein gemakt vor fünfundfünfzig Jahr. Als ick gingte su eirat mein sweite Mann, Monsieur Lalande, da lassen ick nehmen der portraite für mein Tochter aus erster eirat mit Monsieur Moissart.«

»Moissart?« sagte ich.

»Ja, Moissart«, sagte sie, meine allerdings nicht einwandfreie Aussprache nachahmend; »un was ise? Was Sie wissen von die Moissart?«

»Nichts, du alte Vogelscheuche! – Gar nichts weiß ich von ihm; ich habe nur seinerzeit mal einen Vorfahren dieses Namens gehabt.«

»Diese Namen! Un was aben Sie zu sagen ieber diese Namen? Ise serr gutt Namen. Un auch Voissart – ise serr gutt Namen. Mein Tochter, Mademoiselle Moissart, sie eirat ein Err Voissart, und die beiden Namen ise serr achtbare Namen.«

»Moissart?« rief ich, »und Voissart? Ja, was meinen Sie damit?«

»Vas ick meinen? – Ick meinen Moissart und Voissart, un meinen Croissart und Froissart, wann ick nur Lust ab, so ßu meinen. Die Tochter von mein Tochter, sie eirat ein Err Croissart, un dann die Enkel von mein Tochter, Mademoiselle Croissart, sie eirat ein Err Froissart, un Sie volle sag, da ise nickt serr achtbare Namen?«

»Froissart!« sagte ich, einer Ohnmacht nahe. »Du willst doch wohl nicht sagen Moissart und Voissart und Croissart und Froissart?«

»Ja«, erwiderte sie, lehnte sich tief in ihren Stuhl zurück und streckte die unteren Gliedmaßen weit von sich: »jawohl, Moissart un Voissart un Croissart un Froissart. Aberr Monsieur Froissart, er warr eine serr großmächtig Esel – er war eine serr großmächtige Dummkopf wie Ihnen – denn er sein fort von la belle France für kommen su diesen dummen Amérique – un wann er kamte ier, er nahmte eine serr dumme, eine serr, serr dumme Sonn, wie ick ör, aber ick noch nickt aben das plaisir, im su begegnen – weder ick, noch mein Freindin Madame Stephanie Lalande. Er ise genennen Napoleon Buonaparte Froissart, un Sie vollen etwa sag, auch das sein keine achtbar Namen?«

Die Länge oder der Inhalt ihrer Rede brachte Mrs. Simpson in eine gewaltige Aufregung, und um diesen Redestrom austoben zu lassen sprang sie plötzlich wie behext vom Stuhle auf und erhob sich mit gewaltigem Gepolter auf die Beine. Als sie endlich stand, fletschte sie die Zähne, reckte die Arme, rollte die Ärmel auf, schüttelte mir die Faust ins Gesicht und endete dies Gehabe, indem sie die Haube vom Kopfe riß und mit ihr eine mächtige Perücke von kostbarstem und schönstem schwarzen Haar, was sie alles mit Geheul zu Boden warf, um in geradezu rasender Wut einen Fandango darauf zu tanzen.

Inzwischen sank ich entgeistert in den von ihr verlassenen Stuhl. »Moissart und Voissart!« wiederholte ich gedankenvoll, als sie eine wilde Drehung machte, »und Croissart und Froissart!«, als sie sich wieder zurückdrehte – »Moissart und Voissart und Croissart und Napoleon Buonaparte Froissart! – He! du unglaubliche alte Schlange, das bin *ich* – das bin *ich* – hörst du? Das bin *ich*« – hier schrie ich mit meiner schrillsten Stimme – »das bin i-i-ich! *Ich* bin Napoleon Buonaparte Froissart! Und der Henker soll mich holen, wenn ich nicht meine Ururgroßmutter geheiratet habe!«

In allem Ernst, Madame Eugénie Lalande quasi Simpson, früher Moissart, war meine Ururgroßmutter. In ihrer Jugend war sie schön gewesen, und selbst mit Zweiundachtzig behielt sie noch die majestätische Gestalt, den edlen Umriß des Hauptes, die schönen Augen und die griechische Nase ihrer Jugendzeit. Dadurch und mit Hilfe von Perlpuder, Rouge, falschen Haaren, falschen Zähnen und falscher »Tournüre« und unterstützt von den geschicktesten Pariser Modistinnen, gelang es ihr, mit jenen Schönheiten der französischen Metropole, die schon ein wenig passé waren, leidlich Schritt zu halten. In dieser Hinsicht mochte man sie wirklich nicht geringer einschätzen als die berühmte Ninon de l'Enclos.

Sie besaß ungeheuren Reichtum, und da sie wiederum Witwe und kinderlos war, hatte sie sich auf mein Dasein in Amerika besonnen und kam, um mich zu ihrem Erben zu machen, nach Vereinigten Staaten, in Begleitung einer entfernten und wunderschönen Verwandten von seiten ihres zweiten Gatten – einer Madame Stephanie Lalande.

In der Oper erregte ich durch mein Hinschauen die Aufmerksamkeit meiner Ururgroßmutter, und als sie mich durch das Augenglas betrachtete, wurde sie von einer gewissen Familienähnlichkeit mit sich selber überrascht. Dadurch interessiert, und weil sie wußte, daß der gesuchte Erbe sich gegenwärtig in der Stadt aufhielt, wandte sie sich mit Fragen über mich an ihre Begleitung. Der Herr in ihrer Gesellschaft kannte mich vom Sehen und sagte ihr, wer ich sei. Die Aufklärung veranlaßte sie, ihre Beobachtung von neuem aufzunehmen, und diese eingehende Besichtigung war es, die mich so kühn machte, daß ich mich in der bereits geschilderten Weise benahm. Sie erwiderte jedoch meinen Gruß in der Meinung, durch irgendeinen sonderbaren Zufall habe ich erfahren, wer sie sei. Als ich, von meiner schwachen Sehkraft und den Toilettenkünsten über Alter und Reize der fremden Dame getäuscht, Talbot so begeistert fragte, wer sie sei, nahm er als selbstverständlich an, daß ich die jüngere Schönheit meinte, und sagte also sehr wahr, es sei »die berühmte Witwe Madame Lalande«.

Am nächsten Morgen begegnete meine Ururgroßmutter auf der Straße Talbot, einer alten Pariser Bekanntschaft, und ganz natürlich bezog das Gespräch sich auf mich. Meine Kurzsichtigkeit wurde erörtert, denn die war offenkundig, so unbekannt auch mir selbst diese Offenkundigkeit blieb, und meine gute alte Verwandte entdeckte sehr z ihrem Leidwesen ihren Irrtum, als sie glaubte, ich kenne sie, und daß ich mich nur selber furchtbar bloßgestellt hatte, indem ich im Theater mit einer fremden alten

Frau öffentlich kokettierte. Um mich für diese Unvorsichtigkeit zu strafen, schloß sie mit Talbot ein Komplott. Er ging mir absichtlich aus dem Wege, um mich nicht einführen zu müssen. Meine Erkundigungen auf der Straße nach der entzückenden Witwe Madame Lalande wurden natürlich auf die jüngere Dame bezogen, und so kann man sich die Unterredung mit den drei Herren, die ich kurz nach dem Verlassen von Talbots Wohnung ansprach, leicht erklären, ebenso ihre Bezugnahme auf Ninon de l'Enclos. Ich hatte keine Gelegenheit, Madame Lalande bei Tageslicht aus der Nähe zu sehen, und bei ihrer musikalischen Soiree hinderte mich mein alberner Verzicht auf helfende Augengläser ihr Alter herauszufinden. Als man »Madame Lalande« zu singen bat, war die jüngere Dame gemeint, und sie war es, die sich erhob, um dem Rufe zu folgen; meine Ururgroßmutter aber erhob sich gleichzeitig, um die Täuschung durchzuführen, und begleitete sie ans Piano im großen Gesellschaftszimmer. Hätte ich mich entschlossen, sie dorthin zu begleiten, so hätte sie mir nahegelegt, es sei ratsamer, zu bleiben, wo ich war; meine eigene Vorsicht machte das aber überflüssig. Der Gesang, den ich so tief bewunderte und der meinen Eindruck von der Jugend meiner Angebeteten so befestigte, entströmte dem Munde der Madame Stephanie Lalande. Das Augenglas wurde mir überreicht, um dem Spott die Schmach hinzuzufügen – der hohnvollen Täuschung noch einen Stachel zu geben. Das Geschenk bot Gelegenheit zu einer Vorlesung über Zuneigung, mit der man mich besonders erbaute. Es ist recht überflüssig, zu sagen, daß die Gläser des Instruments, wie die alte Dame sie benutzte, gegen ein Paar meinen Jahren besser passende ausgetauscht worden waren. Tatsächlich paßten sie mir vorzüglich.

Der Geistliche, der nur so tat, als knüpfe er die fatale Schlinge, war ein guter Freund Talbots und kein Priester. Jedenfalls war er ein gewandter Betrüger, und als er das Unterkleid des Geistlichen mit einem Überrock vertauscht hatte, kutschierte er mit seiner Mähre das »glückliche Paar« zur Stadt hinaus. Talbot nahm neben ihm Platz. Die beiden Schurken hatten sich also mitgeschmuggelt und ergötzten sich daran, durch ein halboffenes Fenster des Gastzimmers die Lösung des Dramas mitanzusehen. Ich werde wohl genötigt sein, sie alle beide zu fordern.

Immerhin, ich bin nicht der Gatte meiner Ururgroßmutter, und das ist ein Bewußtsein, das sehr befreiend wirkt; aber ich bin der Gatte von Madame Lalande – von Madame Stephanie Lalande –, denn meine gute alte Verwandte, die mich zu ihrem einzigen Erben nach ihrem Tode ernannt hat – wenn sie je stirbt –, hat sich bemüht, aus uns ein Paar zu machen. Zum Schluß: ich bin ein für allemal fertig mit »billets-doux« und lasse mich nie mehr ohne Brille blicken.

Des wohlachtbaren Herrn Thingum Bob frühern Herausgebers der »Blechschmiede«, literarischer Werdegang

Von ihm Selbst

Man wird älter, und da ich mir darüber klar bin, daß Shakespeare und Mr. Emmons gestorben sind, so halte ich es nicht für unmöglich, daß auch ich einst sterben muß. So kommt mir der Gedanke, mich aus der Öffentlichkeit zurückzuziehen und auf meinen Lorbeeren auszuruhen. Doch mein Ehrgeiz spornt mich an, den Entschluß der Niederlegung meiner literarischen Herrschaft durch irgendeine für die Nachwelt wichtige Tat zu feiern. Kann ich es besser tun, als indem ich meinen literarischen Lebenslauf niederschreibe? Mein Name hat so lange und so beständig der Öffentlichkeit gehört, daß ich wohl verstehe, wie natürlich das Interesse ist, welches er überall erregt hat, und ich bin gern bereit, die außerordentliche Neugierde, deren Ziel sein Träger war, zu befriedigen. Wahrlich, es ist die unbedingte Pflicht dessen, der Großes erreicht hat, auf dem Pfade zur Höhe deutliche Wegzeichen zu hinterlassen, damit auch andre den Weg zur selben Höhe finden. Das Ziel, das mir beim gegenwärtigen Aufsatz (den ich eigentlich »Memoranda zur Literaturgeschichte Amerikas« nennen wollte) vorschwebt, ist also, die wichtigen, wenn auch schwachen und schwankenden ersten Schritte, durch die ich zulegt den Höhenweg zum Gipfel menschlichen Ruhmes erreichte, näher zu beschreiben.

Es ist wohl unnötig, viel Worte über die entfernteren Vorfahren zu verlieren. Mein Vater, der ehrenwerte Thomas Bob, stand jahrelang an der Spitze seiner Kollegen, der Barbiere in der Stadt

Smug. Sein Laden war der Zusammenkunftsort aller hervorragenden Leute der Stadt, besonders aber kam bei ihm die Gilde der Herausgeber zusammen, eine Vereinigung, die tiefste Ehrfurcht und größte Scheu einflößt. Was mich betrifft, so betrachtete ich sie als Götter. Ich schlürfte leidenschaftlich den glänzenden Witz und die tiefe Weisheit, die von ihren göttlichen Lippen floß, während jenes Aktes der Behandlung, den wir »einseifen« nennen. Die erste Inspiration kam blitzartig über mich, als der geistvolle Leiter der »Bremse« in den Pausen, die die Zeremonie der Einseifung ihm ließ, mit lauter Stimme vor der Versammlung unsrer Lehrlinge ein unvergleichbares Gedicht zu Ehren des »einzig echten Bobschen Öles« (nach meinem Vater, seinem genialen Erfinder, so genannt) vortrug. Für diesen Erguß wurde der Herausgeber der »Bremse« mit königlicher Freigebigkeit von der Firma Thomas Bob & Co. belohnt.

Die Genialität, die aus den Zeilen des »Bobschen Öles« mich anwehte, hauchte mir, wie gesagt, göttliche Begeisterung ein. Auf der Stelle beschloß ich, ein großer Mann zu werden. Weiter beschloß ich, dies damit anzufangen, daß ich ein großer Dichter wurde. An diesem Abende warf ich mich meinem Vater zu Füßen.

»Vater«, sagte ich, »verzeihe! Aber meine Seele strebt über das Einseifen hinaus. Es ist mein fester Entschluß, meinen Beruf zu wechseln. Ich will ein Herausgeber werden, ein Poet. Ich will Verse über das ›Bobsche Öl‹ niederschreiben. Verzeihe mir und bahne mir den Weg zur Größe.«

»Mein lieber Thingum«, antwortete mein Vater (ich war Thingum getauft worden nach einem sehr reichen Verwandten, der diesen Namen führte), »mein lieber Thingum«, sagte er, indem er mich bei den Ohren aus meiner knienden Stellung emporzog, »Thingum, mein Sohn, du bist ein Maulheld und artest deinem Vater nach, denn du besitzt Seele. Außerdem hast du einen Riesenschädel, in dem eine ganze Menge Gehirnmasse stecken muß.

Das habe ich schon lange bemerkt, und wegen dieser Eigenschaft war ich schon auf den Gedanken gekommen, einen Juristen aus dir zu machen. Diese Laufbahn ist aber jetzt nicht mehr vornehm, und die politische nicht mehr lohnend. Im großen ganzen hast du ja recht. Der Herausgeberstand ist immer noch der beste, und wenn du es fertig bringst, gleichzeitig ein Dichter zu werden, wie die meisten Herausgeber es sind, so wirst du wohl im Laufe der Zeit zwei Fliegen mit einer Klappe treffen. Zu deiner Ermutigung will ich dir im Anfange mit folgendem unter die Arme greifen: einer Dachkammer, Feder, Tinte und Papier, einem Reimwörterbuch und Exemplaren der ›Bremse‹. Mehr kannst du wohl nicht verlangen.«

»Ich würde ein undankbarer Schuft sein, wenn ich das nicht anerkennen wollte«, antwortete ich begeistert. »Deine Freigebigkeit ist grenzenlos. Ich will sie vergelten, indem ich dich zum Vater eines Genies mache.«

So endete meine Unterredung mit dem besten der Menschen, und sofort stürzte ich mich mit Eifer in meine poetische Beschäftigung, da ich hauptsächlich durch sie den Hochsitz eines Herausgebers zu erklimmen hoffte.

Bei meinen Versuchen in der Reimkunst waren mir die Verse über das »Bobsche Öl« eher ein Hindernis als eine Hilfe. Ihr Glanz erleuchtete mich nicht, er blendete. Bei der Betrachtung ihrer Vorzüglichkeit wurde ich naturgemäß sehr entmutigt, verglich ich sie mit meinen selbstgeschaffenen »Produkten«. So arbeitete ich also lange Zeit fruchtlos. Zulegt tauchte in meinem Gehirn einer jener außerordentlichen Einfalle auf, die hie und da das Gehirn eines genialen Mannes durchkreuzen. Es war folgender, oder, besser gesagt, folgendermaßen wurde er zur Ausführung gebracht: aus dem Bücherplunder eines alten Ladens, der im äußersten Winkel der Vorstadt lag, kaufte ich verschiedene alte, unbekannte und vergessene Bände zusammen. Der Buchhändler überließ sie mir spottbillig. Aus einem derselben, das die Übersetzungen des Werkes *Inferno* eines gewissen Dante vorstellen sollte, schrieb ich mit besonderer Sorgfalt eine lange Stelle ab, die über einen Mann handelte, dessen Name Ugolino war, der Rangen in stattlicher Zahl besaß. Einem andern Buch, das eine Menge altertümlicher Schauspiele enthielt, die von einer Person geschrieben waren, deren Namen ich vergessen habe, entnahm ich in gleicher Art und mit gleicher Sorgfalt eine Anzahl Verse, die über »Engel«, »frohe Botschafter«, »verdammte Wichte« und anderes dieser Art sich verbreiteten. Einem dritten, das die Schöpfung eines Blinden oder sonstwie Bresthaften war, eines Griechen vielleicht oder Kalmücken – ich kann mich natürlich nicht jeder Einzelheit erinnern – entnahm ich ungefähr fünfzig Verse, die mit »Achills Zorn« und »Fett« und ähnlichen Dingen begannen. Aus einem andern, das, soviel ich mich entsinne, auch das Werk eines Blinden war, wählte ich ein oder zwei Seiten über »Heil« und »heiliges Licht«; und wenn es auch eigentlich nicht ins Fach eines Blinden schlägt, über Licht zu schreiben, so waren die Verse in ihrer Art doch recht gut.

Ich schrieb nun diese Gedichte, jedes für sich, ordentlich ab und unterzeichnete jedes mit »Oppodeldoc« (wirklich doch ein schöner, wohlklingender Name), steckte jedes einzeln in ein besonderes Kuvert und schickte je eines an jede der vier Hauptgazetten mit der Bitte um schnelle Veröffentlichung und schleunigste Honorarzahlung. Das Resultat dieses wohldurchdachten Planes (dessen Erfolg mir in meinem späteren Leben viel Arbeit erspart haben würde) überzeugte mich, daß manche Redakteure an der Nase herumzuführen ein vergeblicher Versuch ist. Es gab, mit den Transzendentalsten zu reden meiner jung keimenden Hoffnung den »*coup-de-grâce*« (wie man in Frankreich sagt).

Um bei der Wahrheit zu bleiben, muß ich gestehn, daß jedes der Blätter dem Mr. Oppodeldoc in dem Monatsbericht für Korrespondenten eine gründliche Abfuhr bereitete. Die »Brummtrommel« richtete ihn folgendermaßen zu:

»›Oppodeldoc‹ (oder wer sich hinter diesem Pseudonym verbirgt) hat uns eine lange Tirade über einen Tollhäusler eingeschickt, den er ›Ugolino‹ nennt, der einen Haufen Kinder hatte, die alle durchgeprügelt und ohne Abendessen ins Bett hätten geschickt werden sollen. Die ganze Geschichte ist unglaublich zahm, um nicht zu sagen platt. ›Oppodeldoc‹ (oder wer sich hinter diesem Pseudonym verbirgt) ist aller Phantasie bar; aber Phantasie ist, nach unsrer unmaßgeblichen Meinung, nicht allein die Seele der ›*Poesie*‹, sondern ihr Herz selbst. ›Oppodeldoc‹ (oder wer sich hinter diesem Pseudonym verbirgt) hat die Keckheit, von uns für sein Gewäsch ›schnelle Veröffentlichung und schleunigste Honorarzahlung‹ zu erbitten. Wir veröffentlichen weder solches Zeug, noch bezahlen wir es. Es ist jedoch unzweifelhaft, daß er all den Galimathias, den er da zusammenschmiert, bei den Redaktionen des ›Radau‹, des ›Honigsüßen‹ oder der ›Blechschmiede‹ loswerden würde.«

Man kann nicht leugnen: das war ein reichlich strenges Urteil über »Oppodeldoe«; aber die schärfste Spitze lag doch darin, daß das Wort *Poesie* durch besonderen Druck hervorgehoben war. Welch eine Welt von Bitterkeit ist in diesen fünf hervorstechenden Buchstaben ausgedrückt!

Der »Radau« strafte »Oppodeldoc« mit gleicher Strenge. Er schrieb:

»Wir haben eine seltsame und unverschämte Zuschrift von einem Individuum, mit dem Pseudonym ›Oppodeldoc‹ (wer immer sich hinter diesem Pseudonym verbirgt) unterzeichnet, erhalten. Der Kerl entblödet sich nicht, den gleichlautenden Namen des berühmten römischen Kaisers zu entweihen. Dem Schreiben ›Oppodeldocs‹ (oder wer sich hinter diesem Pseudonym verbirgt) waren verschiedene Verse beigeschlossen, die in schwülstiger

Sprache von ›Gnaden boten und Engeln‹ handeln, wie sie eben nur ein Verrückter vom Schlage ›Oppodeldocs‹ selbst verbrechen kann. Und für diesen Quadratschund wird bescheiden von uns ›prompte Bezahlung‹ gefordert. Keine Rede davon, mein Herr! Für solches Zeug zahlen wir nicht. Wenden Sie sich an die ›Brummtrommel‹, den ›Honigsüßen‹ oder die ›Blechschmiede‹. Diese ›Zeitschriften‹ werden fraglos jede Art von literarischem Müll, den Sie ihnen anbieten, aufnehmen und ebenso fraglos Bezahlung – versprechen.«

Das war sicherlich recht hart für den armen »Oppodeldoc«; aber in diesem Falle fiel doch die Hauptschwere der Satire auf die »Brummtrommel«, den »Honigsüßen« und die »Blechschmiede«, die beißend als »Zeitschriften«– das Wort sogar in Gänsefüßchen – bezeichnet wurden, was sie mitten ins Herz treffen mußte.

Kaum weniger wild gebärdete sich der »Honigsüße« der sich folgendermaßen vernehmen ließ:

»Irgendein Individuum, das sich, offenbar sehr zu seinem eigenen Behagen, den Namen ›Oppodeldoc‹ beilegt (zu welch minderwertigen Zwecken werden die Namen berühmter Toten oft erniedrigt), hat uns fünfzig bis sechzig Verse zugehen lassen, die ungefähr so beginnen:

›Achills Zorn, für Griechenland der Grund
Unzähligen Unheils‹, usw. usw. usw. usw.

›Oppodeldoc‹ (oder wer sich unter diesem Pseudonym verbirgt) wird mit aller Höflichkeit darauf hingewiesen, daß in unsrer Redaktion nicht ein einziger Laufjunge beschäftigt ist, der nicht täglich gewohnheitsmäßig bessere Verse zusammenschustert. ›Oppodeldocs‹ Verse sind unskandierbar. ›Oppodeldoc‹ sollte lieber zählen lernen. Aber wie er auf den Gedanken kam, daß wir (unter allen gerade wir) unsre Seiten mit seinem unsagbaren Blödsinn verschandeln würden, entzieht sich unserm Begriffsvermögen. Du lieber Gott, das absurde Gewäsch wäre kaum gut genug für die ›Brummtrommel‹, den ›Radau‹ oder die ›Blechschmiede‹, Zeug, das seinen Lesern sogar ›Mutter Gänsins Lieder‹ als Originallyrik vorzusetzen sich nicht entblödet. Und ›Oppodeldoc‹ (oder wer sich hinter diesem Pseudonym verbirgt) verlangt sogar mit kecker Stirne Bezahlung für sein Gefasel. Weiß ›Oppodeldoc‹ (oder wer sich hinter diesem Pseudonym verbirgt) denn tatsächlich nicht, ist es ihm denn wirklich nicht eingefallen, daß wir es nicht einmal drucken könnten, wenn man uns dafür honorierte?«

Wie ich dies las, wurde ich von Augenblick zu Augenblick kleiner, und als ich an die Stelle kam, wo der Redakteur ironisch von »Versen« spricht, war nicht viel mehr von mir übrig als eine Unze. Was den »Oppodeldoc« anbetrifft, so begann ich mit dem armen Teufel Mitleid zu fühlen. Aber die »Blechschmiede« übte, wenn möglich, noch weniger Gnade als der »Honigsüße«. Das Blatt schrieb:

»Ein erbärmlicher Poetaster, der ›Oppodeldoc‹ unterschreibt, ist töricht genug, sich einzubilden, wir würden seinen bombastischen,unzusammenhängenden,ungrammatikalischenMischmasch, den er uns übersandte, drucken und zahlen. Das Zeug beginnt mit der faselnden Zeile:

›Heil, göttliches Licht. Erstling des Himmels!‹

Wir sagen ›faselnd‹. ›Oppodeldoc‹ (oder wer sich hinter diesem Pseudonym verbirgt) ist vielleicht so gütig, uns darüber aufzuklären, wie ›Hagel‹[1] ›göttliches Licht‹ sein kann. Wir haben ihn im-

1 Für »Heil« und »Hagel« hat die englische Sprache das gleiche Wort *(hail).* Der Parallelismus ist im Deutschen nicht wiederzugeben.

(Anm. d.Ü.)

mer für gefrorenen Regen gehalten. Will er uns wohl auch sagen, wie gefrorener Regen zugleich ›göttliches Licht‹ (was dies auch bedeuten möge) und ein ›Erstling‹ sein kann? Letztere Bezeichnung wird (wenn wir uns der Kenntnis unserer Sprache rühmen dürfen) nur auf kleinste Babys bis etwa zur sechsten Woche angewendet. Doch es wäre Torheit, sich überhaupt mit solchen Absurditäten abzugeben, wenn ›Oppodeldoc‹ (oder wer sich hinter diesem Pseudonym verbirgt) nicht auch noch die unvergleichliche Frechheit besäße, vorauszusehen, daß wir seine blöden Wahnprodukte nicht nur ›abdrucken‹, sondern sogar ›bezahlen‹ würden!

Das ist denn doch unglaublich. Und wir hätten fast Lust, diesen jungen Schmierer für sein überhebendes Gekrähe dadurch zu bestrafen, daß wir seinen Erguß ›verbatim et literatim‹ genau publizieren, wie er ihn geschrieben hat. Wir könnten keine schwerere Strafe für ihn finden, und wir würden ihm diese auch zudiktieren, wenn wir unsern Lesern nicht die schreckliche Langeweile dieser Lektüre ersparen wollten.

›Oppodeldoc‹ (oder wer sich hinter diesem Pseudonym verbirgt) mag alle künftigen Werke dieser Art an die ›Brummtrommel‹, den ›Honigsüßen‹ oder den ›Radau‹ schicken. Sie werden ihre Spalten dafür öffnen, sie veröffentlichen ja jeden Monat solches Zeug. Schicken Sie es ihnen nur ein. *Wir* aber lassen uns nicht ungestraft beleidigen.«

Das gab mir den letzten Stoß. Wie aber die »Brummtrommel«, der »Radau« und der »Honigsüße« den Angriff überstanden, ist mir bis heute schleierhaft. Ihre Namen waren in der kleinstmöglichen Kolonelschrift gesetzt (das war nämlich der Hieb, um zu zeigen, wie niedrig, wie gering sie seien), während das »Wir« von der »Blechschmiede« in riesigen Buchstaben gewissermaßen auf sie herab blickte. Das war doch zu bitter! Das war Wermut, das war Galle. Wenn ich eine dieser Zeitschriften gewesen wäre, so hätte ich alles dafür geopfert, der »Blechschmiede« einen Prozeß anzuhängen. Man hätte das Blatt auf Grund der Tierschutzgesetze in Anklagezustand versehen können. Was nun den »Oppodeldoc« (oder wer sich hinter diesem Pseudonym verbarg) anbetrifft, so hatte ich endlich alle Geduld mit dem Burschen verloren, und alle meine Sympathie für den Kerl war dahin. Ein Narr war er (wer sich auch hinter seinem Pseudonym verbarg) und hatte die erhaltenen Fußtritte alle wohl verdient.

Das Resultat meines Versuchs mit den alten Büchern überzeugte mich erstens, daß »Ehrlichkeit am längsten währt«, und zweitens, daß, wenn ich nicht besser schreiben könnte als Mr. Dante, die zwei Blinden und die übrigen alten Datteln, es doch immerhin schwer sein würde, schlechter zu schreiben. Ich faßte daher Mut und beschloß, von jetzt an mich nur mehr dem »völlig Originellen« (wie es auf dem Titelblatte der Zeitschriften heißt) zu widmen, wieviel Arbeit und Mühe mir auch immer die Durchführung dieses Entschlusses verursachen möchte. Und wieder hielt ich mir die glänzenden Verse über das »Bobsche Öl«, die dem Herausgeber der »Bremse« ihren Ursprung verdankten, vor Augen und beschloß, über das gleiche erhabene Thema eine Ode zu verfassen und so in Wettbewerb mit dem bereits bestehenden Meisterwerk zu treten.

Die Niederschrift der ersten Zeile ging ohne Schwierigkeit vonstatten. Sie lautete:

Über das »Prachtöl des Herrn Bob« ...

Nachdem ich nun aber mit alleräußerster Sorgfalt alle passenden Reimworte auf »Bob« durchgegangen war, saß ich fest. In dieser Schwierigkeit nahm ich Zuflucht zu meinem Vater, und nach einigen Stunden tiefen Nachdenkens selten mein Vater und ich den Text folgendermaßen fest:

Über das »Prachtöl des Herrn Bob«
Eine Ode zu schreiben, lohnt sich gottlob!

(Unterschrift) Snob.

Gewiß ist, daß dieses Kunstwerk nicht allzu lang war, doch mir muß, wie die »Edinburgh Review« zu sagen pflegt, »erst bewiesen werden«, daß die bloße Länge einer literarischen Schöpfung etwas mit ihrem Werte zu tun hat. Was nun das zunftmäßige, immer wiederholte Getue über »dauernde Anspannung« betrifft, so kann ich dem Ausdruck mit dem besten Willen keinen Sinn abgewinnen. Im großen ganzen war ich also mit dem Ausfall meiner Jungferndichtung zufrieden, und nun war die einzige Frage, wie ich sie verwenden sollte. Mein Vater schlug vor, sie an die »Bremse« zu schicken; aber zwei Gründe hielten mich von der Befolgung dieses Rates ab. Ich fürchtete die Eifersucht des Redakteurs, und ich hatte herausgebracht, daß er für Originalbeiträge nichts bezahlte. Ich bestimmte daher nach reiflicher Erwägung den Beitrag für die würdevolleren Spalten des »Honigsüßen« und wartete das Ergebnis dieses Schrittes etwas unruhevoll zwar, doch mit Ergebung ab.

Mit stolzer Befriedigung fand ich in der nächsten Nummer mein Gedicht unverkürzt an der Stelle des Leitartikels abgedruckt. Beigefügt waren, in Kursivdruck und zwischen Klammern, noch die folgenden so bezeichnenden Worte:

»(Wir möchten die Aufmerksamkeit unserer Leser auf die unten abgedruckten bewundernswerten Verse über das ›Bobsche Öl‹ hinlenken. Es wäre überflüssig, ein Wort über ihre Erhabenheit oder über den Pathos, der aus ihnen spricht, zu verlieren. Niemand kann sie wohl trockenen Auges lesen. Diejenigen, die sich vor einiger Zeit durch eine traurige Stilprobe über denselben herrlichen Gegenstand aus dem Gänsekiel des Redakteurs der ›Bremse‹ angeekelt fühlten, mögen abwägen und vergleichen.

P.S. Wir zittern vor Begierde, das Geheimnis zu durchdringen, das offenbar unter dem Pseudonym ›Snob‹ verborgen liegt. Dürfen wir auf den Vorzug eines persönlichen Interviews hoffen?)«

Dies alles war nicht mehr als gerecht, doch überraschte es mich, offen gestanden, da ich nicht so viel erwartet hatte – ein Geständnis, das ich zur Schande der undankbaren Menschheit im allgemeinen und meines Vaterlandes im besonderen nicht verheimlichen kann. Immerhin verlor ich keine Zeit und besuchte den Herausgeber des »Honigsüßen«. Ich hatte das Glück, den Herrn zu Hause zu treffen. Er begrüßte mich mit allen Zeichen großen Respekts, der eine kleine Beimischung von väterlicher und gönnerhafter Bewunderung zeigte. Offenbar kam dieser kleine Beischmack vom außerordentlich Jugendlichen und Unerfahrenen meiner Erscheinung. Er bot mir einen Sitz an und begann sogleich, von meinem Gedicht zu sprechen. Meine Bescheidenheit erlaubt mir nicht, die tausend Komplimente zu wiederholen, die er in verschwenderischer Fülle über mich ausstreute. Die Lobsprüche des Herrn Sauertopf (so hieß der Redakteur) waren jedoch keineswegs unkritisch oder übermäßig. Er analysierte meine Schöpfung mit viel Freimut und großer Geschicklichkeit und stand nicht an, einige kleinere Fehler zu erwähnen, was ihn hoch in meiner Achtung steigen ließ. Die »Bremse« wurde selbstverständlich auch aufs Tapet gebracht, und ich hoffe, niemals solch durchdringender Kritik, solch vernichtendem Tadel ausgesät zu werden, wie sie Herr Sauertopf über das unglückselige Machwerk des Redakteurs der »Bremse« ausgoß. Früher hatte ich diesen Redakteur als ein übermenschliches Wesen betrachtet; aber Herr Sauertopf belehrte mich bald eines bessern. Er setzte den literarischen und den persönlichen Charakter der »Klapper« (wie er höhnisch seinen Gegenpart nannte) ins rechte Licht. An dieser Klapper war wirklich wenig zu loben. Er hatte niederträchtige Sachen geschrieben. Er war ein Zeilenfuchser, ein Hansnarr, ein Schurke. Er hatte eine

Tragödie geschrieben, über die das ganze Land in Gelächter ausbrach, und eine Farce, die das Weltall in Tränen versenkte. Neben diesen schlimmen Taten hatte er noch die Unverschämtheit gehabt, ein Zeug niederzuschreiben, das er als Schmähschrift auf ihn (Herrn Sauertopf) verfaßt hatte, und die Frechheit, ihn einen Esel zu nennen. Wenn ich die Absicht hätte, in den Spalten des »Honigsüßen« die Klapper anzugreifen, so, versicherte mir Herr Sauertopf, würde er zu meiner unbeschränkten Verfügung stehen. Inzwischen sei es aber ziemlich sicher, daß die Klapper mich wegen meines Versuches, mit seinem Gedicht über das »Bobsche Öl« zu rivalisieren, angreifen würde. Dann würde er (Herr Sauertopf) es auf sich nehmen, in äußerst energischer Weise meine privaten und persönlichen Interessen zu verteidigen. Wenn ich jetzt also nicht auf einen Schlag ein gemachter Mann werde, so läge das gewiß nicht an ihm, Herrn Sauertopf.

Da nun Herr Sauertopf eine kurze Pause in seiner Rede (deren letzten Teil ich beim besten Willen nicht verstehen konnte) machte, so wagte ich es, etwas von dem Honorar zu erwähnen, das ich für mein Gedicht erwartete, da ich auf dem Umschlag des »Honigsüßen« eine Notiz bemerkt hatte, die verkündigte, daß der »Honigsüße« – »seinen Ehrgeiz« darin sehe, exorbitante Honorare für alle angenommenen Beiträge zu bezahlen, daß er oft mehr Geld für ein einziges kurzes Gedicht ausgebe, als die jährlichen Auslagen von der »Brummtrommel«, dem »Radau« und der »Blechschmiede« zusammen betrügen.

Kaum aber war das Wort »Honorar« meinen Lippen entflohen, als Herr Sauertopf zuerst seine Augen weit aufriß und dann seinen Mund zu ungeheurer Weite aufsperrte, so daß der Eindruck, den er bot, ganz dem glich, den eine aufgeregte alte Ente in dem Moment auf uns macht, wo sie im Begriff ist, zu quaken. Und in diesem Zulande blieb er. Hie und da preßte er seine Hände krampfhaft an seine Stirne, als wenn er sich in einem Zustande verzweifelter Verwirrung befände, und so also blieb er, bis ich mit dem, was ich zu sagen hatte, so ziemlich zu Ende war.

Als ich aufhörte, zu sprechen, sank er in seinen Stuhl mit einer Gebärde zurück, als sei er tief erschüttert; schlaff ließ er die Arme zu beiden Seiten sinken und vergaß seinen noch immer offenen Mund zu schließen, als wäre er wirklich eine Ente. Während ich nun so in sprachlosem Erstaunen vor ihm stand und mir sein Besorgniserregendes Benehmen nicht zu deuten wußte, sprang er plötzlich auf und rannte nach dem Klingelzug. Im Moment, wo er ihn erreichte, schien er seine Absicht zu ändern (welche, weiß ich nicht), denn er tauchte unter den Tisch und erschien in unglaublich kurzer Zeit mit einem Knüttel. Gerade erhob er ihn (zu welchem Zwecke, kann ich mir nicht vorstellen), als sich plötzlich ein mildes Lächeln über seine Züge verbreitete und er friedlich wieder in seinen Stuhl zurücksank.

»Herr Bob«, sagte er (denn ich hatte ihm meine Visitenkarte hinaufgeschickt, eh' ich selbst eintrat), »teuerster Herr Bob, Sie sind ein junger Mann – ich vermute, sehr jugendlich?«

Ich gab das zu und fügte bei, daß ich vorläufig noch nicht drei Lustren vollendet habe.

»Ah, ja.« äußerte er, »ganz gewiß. Die Sache ist mir jetzt klar; Sie brauchen weiter nichts zu sagen. Was nun die Honorarfrage betrifft, so muß ich zugestehen, daß, was Sie da sagten, wohl sehr richtig ist, sogar äußerst richtig. Aber – hm – hm – der erste Beitrag, wissen Sie, der erste Beitrag, muß ich Ihnen sagen, wird gewohnheitsmäßig von der Zeitung nicht bezahlt. Sie begreifen – hm, um ganz die Wahrheit zu sagen – gewöhnlich sind wir noch die Empfangenden in solchen Fällen.« (Herr Sauertopf lächelte süßlich und betonte ganz besonders das Wort »Empfangenden«). »Im Durchschnitt werden wir für die Aufnahme eines Jungfernbeitrags bezahlt, besonders wenn es sich um Verse handelt. Und dann, Mr. Bob, ist es Prinzip bei den Zeitschriften, niemals *en argent comptant* (wie man in Frankreich sagt) – also sozusagen niemals bar zu bezahlen. Sie verstehen sicher, nicht wahr? Ein Vierteljahr, manchmal auch zwei nach der Veröffentlichung eines Artikels, oder ein Jahr oder zwei Jahre später haben wir nichts dagegen, ein Akzept auf neun Monate auszustellen, vorausgeht natürlich, daß wir unsere geschäftlichen Verpflichtungen so ordnen können, daß eine Pleite für die nächsten sechs Monate ausgeschlossen erscheint. Ich hoffe von Herzen, Herr Bob, daß Sie diese Erklärung als ausreichend betrachten werden.« Jetzt schwieg Herr Sauertopf und seine Augen füllten sich mit Tränen. Tief betrübt, die allerdings unschuldige Ursache der Schmerzen dieses so hervorragenden und gefühlvollen Mannes zu sein, beeilte ich mich, ihn um Entschuldigung zu bitten und ihn durch die Versicherung zu beruhigen, daß ich seinen Ansichten völlig beistimme, und die Schwierigkeit seiner Stellung vollkommen einsähe. Ich tat dies in gewählten Worten und verabschiedete mich.

Eines schönen Morgens, nicht lange nach dieser Unterredung, wachte ich auf – und war berühmt. Die Größe des Ruhmes kann am besten nach den empfehlenden Äußerungen waren in den kritischen Notizen über die Nummer des »Honigsüßen« enthalten, in der mein Gedicht erschienen war. Sie sind sehr befriedigend, erschöpfend und klar, mit Ausnahme von einigen hieroglyphen-ähnlichen Zeichen am Ende jeder Notiz.

Die »Eule«, eine Zeitschrift voll tiefer Weisheit und wegen des überlegenen Tones ihrer literarischen Urteile allbekannt, die »Eule« schrieb wie folgt:

»›Der Honigsüße!‹ Die Oktobernummer dieser vorzüglichen Zeitschrift überragt ihre Vorgänger und schlägt jede Konkurrenz aus dem Felde. Durch die Schönheit des Druckes und des Papiers, die Menge und Vorzüglichkeit der Reproduktionen, den literarischen Wert der Beiträge erscheint der ›Honigsüße‹ neben einem Satyr. Der ›Brummtrommel‹, dem ›Radau‹ und der ›Blechschmiede‹

muß man allerdings den Vorrang in der Prahlerei zugestehen, allein in jeder andern Hinsicht ist ihnen der ›Honigsüße‹ überlegen! Wie die berühmte Zeitschrift ihre offensichtlich horrenden Spesen zu decken vermag, geht über unsere Begriffe. Allerdings erscheint sie in einer Auflage von 100000 Exemplaren, und ihre Abonnentenzahl ist im letzten Monat um ein Viertel gestiegen, aber andrerseits ist die Summe, die sie fortlaufend für Beiträge aufzubringen hat, eine ungeheure. Es wird behauptet, daß Herr Schlauesel nicht weniger als $37^1/_2$ Pfennig für seinen unnachahmlichen Beitrag über ›Schweine‹ erhielt. Mit Herrn Sauertopf als Redakteur und solchen Namen wie Snob uns Schlauesel als Mitarbeiter ist der Erfolg des ›Honigsüßen‹ als gesichert zu betrachten. Eilen Sie! Abonnieren Sie! Sept., 15-I t.«

Ich muß gestehen, daß ich mich von solch hochtönender Kritik von seiten eines solchen Blattes wie der »Eule« sehr gehoben fühlte. Daß mein Name, d.h. mein ›*nom de guerre*‹ dem des großen Schlauesel vorangestellt war, war ein Kompliment, das mich an und für sich ebenso erfreute wie das Gefühl, es verdient zu haben.

Nun wurde meine Aufmerksamkeit durch folgende Stelle in der »Kröte« angezogen. Die »Kröte« zeichnet sich vor allem durch ihre Geradheit und Unabhängigkeit, durch ihren völligen Verzicht auf Schmeichelei und Kriecherei Essenspenden gegenüber aus:

»Die Oktobernummer des ›Honigsüßen‹ ist allen konkurrierenden Blättern weit voraus und übertrifft sie, wie nicht anders zu erwarten ist, sowohl durch die Pracht ihrer Ausstattung wie durch den Inhalt. Die ›Brummtrommel‹, der ›Radau‹ und die ›Blechschmiede‹ ragen, wie wir zugeben müssen, durch Prahlerei hervor, aber in jeder andern Hinsicht ist ihnen der ›Honigsüße‹ überlegen! Wie die berühmte Zeitschrift ihre offensichtlich horrenden Spesen zu decken vermag, geht über unsre Begriffe. Allerdings erscheint sie in einer Auflage von 200000 Exemplaren, und ihre Abonnentenzahl ist in den letzten 14 Tagen noch um ein Drittel gestiegen, aber andrerseits ist die Summe, die sie monatlich für Beiträge aufzubringen hat, erschreckend hoch. Wir hören, daß Herr Saugfinger nicht weniger als 50 Pfennige für sein ›Trauerlied im Lehmpfuhl‹ erhielt.

Unter den Mitarbeitern mit Originalbeiträgen wollen wir (neben dem hervorragenden Redakteur, Herrn Sauertopf) nur Namen erwähnen wie Snob, Schlauesel, Saugfinger. Abgesehen vom Leitartikel, scheint uns der wertvollste Beitrag ein poetisches Juwel aus der Feder von Snob über das Bobsche Öl zu sein. Unsre Leser müssen aber nicht aus dem Titel dieses unvergleichlichen Kleinodes schließen, daß es die geringste Ähnlichkeit mit dem über denselben Gegenstand verfaßten Schwulst habe, den ein gewisses verachtenswertes Individuum verfaßt hat, dessen Namen man vor zarten Ohren überhaupt nicht erwähnen kann. Das hier erwähnte Gedicht über das ›Bobsche Öl‹ hat allgemein Neugierde und das Verlangen erweckt, den Träger des offenbaren Pseudonyms ›Snob‹ kennen zu lernen, eine Neugierde, die zu befriedigen wir in der glücklichen Lage sind. ›Snob‹ ist der *›nom de plume‹* des Herrn Thingum Bob, Bürgers der Stadt, Verwandten des großen Herrn Thingum (dessen Namen er trägt) und auch sonst mit den besten Familien des Staates verwandt und verschwägert. Sein Vater, der sehr ehrenwerte Thomas Bob, ist ein reicher Kaufmann in Smug. Sept. 15-I t.«

Diese edelmütige Anerkennung rührte mich tief, um so mehr, als sie aus einer so unzweifelhaft, so sprichwörtlich lauteren Quelle (der »Kröte«) floß. Der Ausdruck »Schwulst« als Bezeichnung des von der »Klapper« verfaßten »Bobschen Öles« erschien mir außerordentlich treffend und angemessen. Etwas zu lau jedoch fand ich die auf mein Werk bezüglichen Worte »Juwel« und »Kleinod«. Es mangelte ihnen die innere Kraft, *le prononcé* (wie man in Frankreich sagt).

Kaum hatte ich die »Kröte« verdaut, als ein Freund mir ein Exemplar des »Maulwurf« in die Hand drückte.

Der »Maulwurf« ist eine Tageszeitung und genießt einen großen Ruf wegen der durchdringenden Schärfe seiner Auffassungen im allgemeinen und des offenen, ehrlichen, lichtvollen Stils seiner Leitartikel im besonderen. Der »Maulwurf« äußerte sich über den »Honigsüßen« wie folgt:

»Eben ist der Redaktion die Oktobernummer des ›Honigsüßen‹ zugegangen. Wir müssen gestehen, daß uns noch nie eine Nummer irgendeines Journals vor Augen gekommen ist, deren Lektüre uns so viel innere Befriedigung gewährt hat. Wir sagen dies mit gutem Bedacht. Die ›Brummtrommel‹, der ›Radau‹ und die ›Blechschmiede‹ werden einen harten Stand haben. Diese übertreffen zweifellos alle andern Blätter, was geräuschvolle Sensationsmacherei anbelangt, in jeder andern Hinsicht aber ist ihnen der ›Honigsüße‹ überlegen! Wie die berühmte Zeitschrift ihre offensichtlich horrenden Spesen zu decken vermag, geht über unsre Begriffe. Allerdings erscheint sie in einer Auflage von 300000 Exemplaren und ihre Abonnentenzahl ist in der letzten Woche um die Hälfte gestiegen, aber andrerseits ist die Summe, die sie monatlich für Beiträge aufzubringen hat, erschreckend hoch. Uns ist von zuverlässiger Seite berichtet worden, daß Herr Fettquaker nicht weniger als zweiundsechzigeinhalb Pfennig für seine häusliche Novelette ›Der Scheuerlappen‹ erhalten hat.

Die Mitarbeiter der Nummer, die vor uns liegt, sind: Herr Sauertopf (der hervorragende Redakteur), Snob, Saugfinger, Fettquaker und andre; aber nächst den unnachahmbaren Beiträgen des Redakteurs ziehen wir allen den diamantgleichen Erguß vor, der aus der Feder eines neu aufsteigenden Dichters stammt, der ›Snob‹ unterzeichnet. ›Snob‹ ist nur ein ›*nom de guerre*‹, der eines schönen Tages sicher selbst die glanzvollsten Autoren überstrahlen wird. Wir hören, daß ›Snob‹ ein Herr Thingum Bob ist, der einzige Erbe eines reichen Kaufherrn dieser Stadt, des sehr ehrenwerten Herrn Thomas Bob, und ein naher Verwandter des hochgeachteten Herrn Thingum. Der Titel des bewunderungswerten Gedichtes von Herrn Bob ist ›Das Bobsche Öl‹, nebenbei erwähnt ein etwas unglücklich gewählter Name, da ein verächtlicher Vagabund, der Beziehungen zur Schundpresse unterhält, der Stadt den Gegenstand durch ein unsagbar minderwertiges Versgeschmiere über dasselbe Thema verekelt hat. Gott sei Dank ist eine Verwechslung der Produkte vollständig unmöglich. Sept., 15-1 t.«

Die edle Anerkennung einer so klarblickenden Zeitung wie des »Maulwurf« erfüllte mein Herz mit Wonne. Das einzige, was ich zu tadeln fand, war der Ausdruck »verächtlicher Vagabund«. Ich hätte die Bezeichnung »widerlicher, verächtlicher Tropf, Schurke und Vagabund« für zweckmäßiger gehalten. Das würde, meiner Meinung nach, anmutiger geklungen haben. Auch »diamantgleich« war, wie man wohl zugeben muß, kaum ein Ausdruck von genügender Intensität. Es kam doch darin nicht ganz zum Ausdruck, was der »Maulwurf« offenbar von dem Glanz und der Leuchtkraft des »Bobschen Öles« sagen wollte.

Am Nachmittag desselben Tages, an dem ich mich an den Kritiken der »Eule«, der »Kröte« und des »Maulwurf« erfreut hatte, kam mir ein Exemplar des »Langlebigen« zu Gesicht. Er äußerte sich wie folgt:

»›Der Honigsüße‹!!! Diese prächtige Zeitschrift liegt uns bereits in ihrer Oktobernummer vor. Der Streit um den Vorrang unter den Zeitschriften scheint uns jetzt entschieden, und zwar definitiv. Ein weiterer Vorstoß von seiten der Konkurrenten ›Brummtrommel‹, ›Radau‹ und ›Blechschmiede‹ erscheint uns als ein äußerst abgeschmacktes Beginnen. Sie sind ein für allemal erledigt. Was die Marktschreierei betrifft, so setzen sie allerdings den ›Honigsüßen‹ tief in Schatten, aber in jeder andern Hinsicht ist ihnen der ›Honigsüße‹ überlegen. Wie die berühmte Zeitschrift ihre offensichtlich horrenden Spesen zu decken vermag, geht über unsre Begriffe. Allerdings erscheint sie in einer Auflage von genau einer halben Million Exemplaren, und ihre Abonnentenzahl ist in den letzten zwei Tagen um 75 Prozent gestiegen, aber andrerseits ist die Summe, die sie monatlich für Beiträge aufzubringen hat, von kaum glaublicher Höhe. Es ist uns nicht unbekannt geblieben, daß Fräulein Kleindieb nicht weniger als siebenundachtzigeinhalb Pfennige für ihre letzte Erzählung aus der Revolutionszeit bekam, die den Titel führt: ›Die Großstadt-Pflanze und die Häusler-Unschuld.‹

Die besten Artikel der uns vorliegenden Nummer sind natürlich die des Redakteurs (des hervorragenden Herrn Sauertopf), doch enthält das Blatt außerdem noch großartige Beiträge. Wir finden Namen wie: Snob, Fräulein Kleindieb, Schlauesel, Frau Schwindlian, Saugfinger, Fräulein Spottvogel, und als letzten, nicht geringsten, Fettquaker. Wir fordern die Welt in die Schranken. Sie mag zeigen, ob sie eine so glänzende Versammlung genialer Autoren zum zweitenmal vorweisen kann.

Das mit ›Snob‹ unterzeichnete Gedicht zieht, wie wir besonders betonen möchten, die allgemeine Aufmerksamkeit auf sich, und wir müssen zugeben, daß es, wenn möglich, noch mehr und höheres Lob verdient, als es bereits erhalten hat. Dies Meisterwerk der Kunst und der Beredsamkeit führt den Titel ›Das Bobsche Öl‹. Ein oder der andre Leser mag noch eine schwache, wenn auch reichlich widerliche Erinnerung an ein ähnlich betiteltes Gedicht (?) haben, die Freveltat eines Zeilenfuchsers, eines elenden Bettlers, eines Halsabschneiders, der, wie wir glauben, als Küchenjunge bei einem der unanständigen Vorstadtblätter angestellt ist. Wir bitten die Leser, um Gottes willen die Gedichte nicht zu verwechseln. Der Verfasser des ›Bobschen Öles‹ ist, wie uns gesagt wird, der sehr ehrenwerte Thingum Bob, ein hochbegabter Mann und ein Gelehrter. ›Snob‹ ist nur ein ›*nom de guerre.*‹ Sept. 15-I t.«

Ich konnte meine Entrüstung kaum zurückhalten, als ich die Endzeilen dieser Kritik las. Es war mir klar: die gewundene »Wasch mir den Pelz und mach mich nicht naß!«-Manier, um nicht zu sagen: die sanfte Art, die Schonung, mit der der »Langlebige« das Schwein, den Redakteur der »Bremse«, behandelte – es war mir ganz klar, daß diese milde Sprache von nichts anderm herrühren konnte, als von einer Voreingenommenheit für die »Bremse«. Es lag am Tage, daß der »Langlebige« die Absicht hatte, die »Bremse« auf meine Kosten herauszustreichen. Selbst ein Blinder mußte deutlich erkennen, daß der »Langlebige« sich in spitzeren, präziseren, dem Zweck mehr angepaßten Ausdrücken hätte ergehen können, wäre seine Absicht wirklich die gewesen, die er vorgab. Die Worte »Zeilenfuchser«, »Bettler«, »Küchenjunge« und »Halsabschneider« waren so absichtlich zweideutig und ausdruckslos gewählt, daß sie schlimmer waren als gar nichts, wenn man in Betracht zieht, daß sie einem Verfasser galten, der die schlechtesten Verse verbrochen hatte, die je eine menschliche Feder verbrochen hat. Wir alle wissen, was der Ausdruck »durch schwaches Lob verurteilen« bedeutet. Hier war es unverkennbar, daß der »Langlebige« eine versteckte Absicht hatte, nämlich – durch leichten Tadel zu erheben.

Schließlich ging es mich ja nichts an, was der »Langlebige« in seinem Verkehr mit der »Bremse« zu sagen für richtig befand. Aber was er über mich äußerte, darin hatte ich ein Wort mitzureden. Nach der achtungsvollen Kritik, die »Eule« – »Kröte« und »Maulwurf« über mein Können von sich gegeben hatten, war es wirklich unerträglich, sich von einer solchen Kreatur wie dem »Langlebigen« mit so kühlen Worten, wie z.B. »ein hochbegabter Mann und Gelehrter«, abfertigen zu lassen. Also nichts als – ein hochbegabter Mann. Ich faßte sofort den Entschluß, entweder den »Langlebigen« zu einer schriftlichen Entschuldigung zu zwingen oder ihn herauszufordern.

Ganz erfüllt von meinem Vorhaben, sah ich mich nach einem Freunde um, den ich mit einer Botschaft an Ihro Gnaden den »Langlebigen« betrauen könnte, und da der Redakteur des »Honigsüßen« mir deutliche Beweise seines Wohlwollens gegeben hatte, so entschloß ich mich zulegt, seinen Beistand im vorliegenden Falle nachzusuchen.

Ich habe es niemals fertig gebracht, mir in ausreichender Weise Rechenschaft über das sonderbare Benehmen zu geben, das Herr Sauertopf zur Schau trug, als ich ihm meine Absicht darlegte. Er führte wieder die ganze Szene mit dem Klingelzug und dem Knüttel auf und vergaß auch die Ente nicht. Einen Augenblick lang glaubte ich, daß er wirklich losquaken würde. Sein Anfall ging jedoch wieder vorbei, wie er das letzte Mal vorübergegangen war, und er fing an, in vernünftiger Weise zu handeln und zu sprechen. Er lehnte es rundweg ab, mein Kartellträger zu sein, und redete mir aus den »Langlebigen« überhaupt herauszufordern. Andrerseits gab er mit liebenswürdigster Offenherzigkeit zu, daß der »Langlebige« stark im Unrecht sei, besonders was die Bezeichnungen »hochbegabter Mann« und »Gelehrter« beträfe.

Gegen das Ende dieser Unterredung mit Herrn Sauertopf, der ein wahrhaft väterliches Interesse an mir zu nehmen schien, rückte er mit dem Vorschlag heraus, daß ich mir eigentlich einen ganz hübschen kleinen Verdienst schaffen und zugleich meinem Ruhme förderlich sein könnte, wenn ich hie und da für den »Honigsüßen« den Thomas Hawk spielen würde.

Ich bat Herrn Sauertopf, mir mitzuteilen, wer denn eigentlich Herr Thomas Hawk sei und wie ich ihn darstellen solle.

Hier machte Herr Sauertopf von neuem »große Augen« (wie man in Deutschland zu sagen pflegt); aber nachdem er sich von seinem heftigen Erstaunen erholt hatte, versicherte er mir, daß er die Worte »Thomas Hawk« anwende, um den pöbelhaften Ausdruck Tommy zu vermeiden, aber daß er eigentlich Tommy Hawk oder, genauer gesagt, Tomahawk meine und daß er durch den Ausdruck »Tomahawk darstellen« auf »Skalpieren« anspielen wolle, das heißt, auf die verächtliche Behandlung, die man der Herde von armen Teufeln angedeihen ließe, die sich Autoren nennen.

Ich versicherte meinem Beschützer, daß, wenn er weiter nichts von mir wolle, ich mich vollkommen damit einverstanden erkläre, die Rolle des Thomas Hawk zu übernehmen. Hierauf forderte mich Herr Sauertopf auf, nur gleich einmal den Herausgeber der »Bremse« ordentlich vorzunehmen und ihn im wildesten Stil, den ich nur aufbringen könnte, abzuschlachten. Es sei dies zugleich eine Probe meines Könnens. Ich machte mich sogleich daran. Ich schrieb eine Kritik seines Gedichtes über das »Bobsche Öl«, die sechsunddreißig Seiten des »Honigsüßen« füllte. Dabei kam es mir zum Bewußtsein, daß das Thomas-Hawk-Spielen eine weit weniger beschwerliche Aufgabe sei als das Verfertigen von Gedichten. Ich verfiel auf ein famoses System, und so war es nicht schwer, die Sache gründlich und vortrefflich abzumachen. Ich griff die Sache nämlich folgendermaßen an. Ich kaufte in Auktionen (und zwar billigst) Exemplare von »Lord Broughams Reden«, »Cobbetts vollständige Werke«, ein »Lexikon der Gaunersprache«, die »Gesamtkunst des Anschnauzens«, »Lehrlings Schimpfredensammlung« (Folio-Ausgabe) und Lewis G. Clarkes »Sprache der Gosse«. Diese Werke zerschnitt ich gründlich mit einem Gerbermesser, dann warf ich die Schnitzel in einen Korb, sortierte dann sorgsam alles heraus, was einigermaßen anständig erschien (es war wenig genug), und hielt nur die pöbelhaften Sätze zurück, die ich in einen großen zinnernen Pfefferstreuer, der in der Längsrichtung Löcher besaß, warf, so daß ein ganzer Satz herausgleiten konnte, ohne irgendwie Schaden zu leiden. Nun war die

Mischung gebrauchsfertig. Forderte man mich nun auf, Thomas Hawk zu spielen, so bestrich ich einen Foliobogen mit Klebstoff, zerschnitt das Schriftstück, das ich rezensieren sollte, in derselben Weise, wie ich vorher die Bücher zerschnitten hatte, nur ein wenig sorgfältiger, so daß jedes Wort einzeln zu stehen kam. Nun warf ich die zuletzt gemachten Schnitzel zu denen, die schon im Pfefferstreuer lagen, schraubte den Deckel sorgfältig auf, schüttelte das Ganze gründlich durch und stäubte die Mischung auf das mit Klebstoff versehene Papier, wo sie haften blieb. Das Resultat übertraf alle Erwartungen, es war fesselnd. Niemals hat irgend jemand die Kritiken auch nur von ferne erreicht, die ich auf diese Weise zustande brachte. Sie waren »das Weltwunder«. Im Anfang war ich, aus Mangel an Erfahrung, etwas schüchtern und ließ mich durch eine gewisse Zusammenhangslosigkeit, ein bizarres Aussehen (wie man in Frankreich sagt), die das Werk im ganzen zeigte, verwirren. Nicht alle Sätze saßen (wie man im Angelsächsischen sagt). Manche waren ganz krumm und schief; mehr noch, manche standen direkt auf dem Kopfe. Es waren sogar einige vorhanden, die bis zu einem gewissen Grad durch dieses Ausrenken Schaden nahmen. Nur die des Mr. Lewis G. Clarke waren so derb und kräftig gebaut, daß sie durch keine noch so verrückte Art der Stellung aus dem Konzept zu bringen waren; sie sahen immer gleich befriedigend und frohgemut aus, ob sie auf den Füßen standen oder auf dem Kopfe.

Was aus dem Verfasser der »Bremse« wurde, nachdem meine Kritik über sein »Bobsches Öl« veröffentlicht war, ist schwer festzustellen. Die Vermutung, die die größte Wahrscheinlichkeit für sich hat, ist, daß er sich zu Tode weinte. Wie dem auch sei, er verschwand augenblicklich vom Angesicht der Erde, und niemand hat auch nur mehr seinen Geist erblickt.

Nachdem nun dieses Geschäft in gehöriger Weise erledigt war und die Furien sich besänftigt hatten, stieg ich mächtig in der

Gunst des Herrn Sauertopf. Er zog mich ins Vertrauen, gab mir eine Daueranstellung als Thomas Hawk beim »Honigsüßen«, und da er mir für den Augenblick kein Honorar bezahlen konnte, so erlaubte er mir, in jeder Beziehung von seinen Ratschlägen zu profitieren.

»Mein lieber Thingum«, sagte er eines schönen Tages nach dem Essen, »ich habe Achtung vor Ihrem Können und liebe Sie wie einen Sohn. Sie sollen mein Erbe sein. Wenn ich sterbe, will ich Ihnen den ›Honigsüßen‹ hinterlassen. Inzwischen will ich Ihnen aber helfen, daß Sie ein gemachter Mann werden. Ich werde das tun – vorausgeht natürlich, daß Sie meinem Rate Folge leisten. Das erste, was Sie zu tun haben, ist, daß Sie sich den alten Stocherer abhalftern.«

»Stocherer?« sagte ich, »Hauerträger, nicht? – *aper?* (wie der Lateiner sagt) – Wer? – Wo?«

»Ihren Vater.« sagte er.

»Gewiß, gewiß« sagte ich. »Schwein!«

»Sie können Ihr Glück machen, Thingum«, fuhr Herr Sauertopf fort; »dieser, Ihr Leiter und Führer, ist ein Mühlstein an Ihrem Hals. Wir müssen ihn schleunigst absäbeln.« (Hier zog er sein Messer heraus.) »Wir müssen ihn absäbeln«, fuhr Herr Sauertopf fort, »und zwar ein für allemal. Wir können ihn nicht brauchen – es geht wahrhaftig nicht. Wenn ich mir die Sache wirklich recht überlege, so sollten Sie ihn eigentlich mit Fußstößen bearbeiten oder ihn durchprügeln oder so was ähnliches.«

»Was würden Sie dazu sagen«, wagte ich bescheiden einzuwerfen, »wenn ich ihm erst ein paar Tritte gäbe, ihn dann durchprügelte und zum Abschluß an der Nase zupfte?«

Herr Sauertopf blickte mich einige Augenblicke nachdenklich an und antwortete wie folgt:

»Ich denke, Mr. Bob, bis zu einem gewissen Punkte sind Ihre Vorschläge sehr praktisch. Ja, – tatsächlich, außerordentlich zweckmäßig. Aber bei Barbieren begegnet das Absäbeln ganz außerordentlich großen Schwierigkeiten, und ich denke, Sie sollten, wenn Sie an Thomas Bob die von Ihnen vorgeschlagenen Operationen vollzogen haben, ihm mit Ihren Fäusten beide Augen so sorgfältig und gründlich bearbeiten, daß er Sie nie wieder auf den vornehmen Promenaden erblicken kann. Wenn Sie dies vollbracht haben, so weiß ich wirklich nicht, was Sie noch mehr tun könnten. Vielleicht wäre es aber auch nicht übel, ihn ein- oder zweimal in der Gosse herumzuwälzen und ihn dann der Polizei anzuvertrauen. Sie können ja am nächsten Morgen zur Polizeiwache gehen und einen Überfall vorgeben.«

Ich war im Innersten von dem gütigen Gefühl ergriffen, das Herr Sauertopf mir gegenüber an den Tag legte, indem er mir diesen vorzüglichen Rat gab, und ich verfehlte auch nicht, mich dieses Rates zu bedienen. Das Resultat war, daß ich den alten Stocherer los wurde und mich unabhängiger und vornehmer zu fühlen begann. Trotzdem war der Geldmangel in den nächsten Wochen eine Quelle der Unbehaglichkeit für mich. Aber mit der Zeit, als ich gelernt hatte, meine beiden Augen gut zu gebrauchen und den Lauf der Welt besser zu verstehen, bekam ich allmählich heraus, wie man den Stier bei den Hörnern fassen müsse und wie das Ding zu deichseln wäre. Ich sage »Ding«, weil ich gehört habe, daß das lateinische Wort dafür »*rem*« sei. Weil ich übrigens gerade von Latein spreche: kann mir vielleicht jemand sagen, was »*quocunque*« bedeutet oder welche Bedeutung das Wort »*modo*« hat?

Mein Plan war außerordentlich einfach. Ich kaufte mir für ein paar Batzen ein Sechzehntel des »Schnapphahn« – und damit war die Sache erledigt. Es war erreicht, ich bekam Geld in meinen Beutel. Allerdings waren später noch einige Einrichtungen zu treffen, aber das waren Kleinigkeiten und gehörten nicht zum Plan. Sie waren vielmehr eine Folge, ein Resultat. Zum Beispiel kaufte ich Feder, Tinte und Papier und versetzte sie in wütende

Bewegung. Wenn ich auf diese Weise einen Artikel zustande gebracht hatte, gab ich ihm als Titel zum Beispiel »Narretei vom Verfasser des ›Bobschen Öls‹« und sandte ihn der »Blechschmiede« ein. Wenn nun diese Zeitung in ihren »Monatlichen Anweisungen an die Mitarbeiter« das Schriftstück »Gewäsch« genannt hatte, änderte ich die Überschrift und nannte es »Schwanken und Wanken von Thingum Bob, Verfasser der Ode über das ›Bobsche Öl‹ und Redakteur der ›Schnapp-Schildkröte‹«. Mit dieser Abänderung schickte ich es wieder an die »Blechschmiede« und veröffentlichte während der Wartezeit täglich im »Schnapphahn« sechs Spalten einer philosophisch analytischen Forschung über die literarischen Verdienste der »Blechschmiede« und über den persönlichen Charakter ihres Herausgebers. Am Ende der Woche hatte die »Blechschmiede« bereits entdeckt, daß im Drange der Arbeit durch einen seltsamen Irrtum »irgendein blödsinniger Artikel mit der Überschrift ›Schwanken und Wanken‹, den irgendein unbekannter Ignoramus verbrochen hatte, mit einem strahlenden Juwel verwechselt worden sei, das denselben Titel trüge und das Werk des hochehrenwerten Herrn Thingum Bob, des berühmten Verfassers des ›Bobschen Öles‹, sei.« Die »Blechschmiede« bedauerte tief »diesen begreiflichen Irrtum« und versprach außerdem, das echte »Schwanken und Wanken« in der allernächsten Nummer der Zeitschrift abzudrucken.

Tatsache ist, daß ich glaubte, wirklich glaubte, damals wirklich glaubte – und keinen Grund einsehe, warum ich jetzt anders glauben sollte, daß die »Blechschmiede« wirklich diesen Irrtum begangen hatte. Mit dem besten Willen der Welt kann ich mich nicht entsinnen, jemals irgendwo soviel seltsame Irrtümer beisammen gesehen zu haben wie in der »Blechschmiede«. Seit diesem Tage hatte ich eine erklärte Vorliebe für die »Blechschmiede«, und das Resultat war, daß ich bald in die tiefsten Tiefen ihrer Verdienste eindrang. Ich versäumte nicht, mich darüber im

»Schnapphahn« zu verbreiten, sobald sich nur eine passende Gelegenheit dazu finden ließ. Es ist nun als ein sonderbares Zusammentreffen anzusehen, als eines jener auffallend merkwürdigen Zusammentreffen, welche zu tiefem Nachdenken Anlaß geben, daß eine gleiche Meinungsänderung, ein gleiches *bouleversement* (wie man in Frankreich sagt), eine gleiche »Umwertung aller Werte« (wenn es mir erlaubt ist, einen etwas gewaltsamen Ausdruck der Choctaws zu gebrauchen), wie sie *»pro«* und *»contra«* zwischen mir einerseits und der »Blechschmiede« andrerseits vorfiel, auch, kurze Zeit später, tatsächlich und von ähnlichen Umständen begleitet zwischen mir einerseits und dem »Radau« andrerseits, zwischen mir einerseits und der »Brummtrommel« andrerseits sich ereignete.

So kam es, daß ich durch einen genialen Meisterstreich auf der höchsten Höhe meines Triumphes anlangte und »Geld in meinen Beutel kriegte«. So hat also wirklich und wahrhaftig jetzt die glänzende und ereignisreiche Laufbahn begonnen, die mich berühmt machte. Wenn ich auf sie zurückblicke, kann ich mit Chateaubriand sagen: »Ich habe Geschichte gemacht – *j'ai fait l'histoire.«*

Und in der Tat: ich habe Geschichte gemacht. Von der strahlenden Epoche an, deren Erinnerung ich eben jetzt erweckt habe, sind meine Taten, meine Werke das Allgemeingut der Menschheit. Die Welt kennt sie. So ist es unnötig, zu erzählen, wie ich höher und höher stieg, wie ich das Erbe des »Honigsüßen« antrat, wie ich die Zeitschrift mit der »Brummtrommel« verschmolz, wie ich dann den »Radau« kaufte und die drei Zeitschriften verband, wie ich zuletzt auch noch den einzigen selbständigen Rivalen aufkaufte und so die ganze Literatur des Landes in einer einzigen prachtvollen Zeitschrift vereinigte, überall bekannt als

»Radau und Honigsüßer,
Brummtrommel und Blechschmiede«.

Ja, ich habe Geschichte gemacht. Mein Ruhm strahlt über die Erde. Er breitet sich bis in ihre äußersten Winkel aus. Sie können kein Blatt in die Hand nehmen, ohne auf eine Bemerkung über den unsterblichen Thingum Bob zu stoßen. Da steht: »Mr. Thingum Bob sagte so«, oder: »Mr. Thingum Bob schrieb jenes«, oder: »Mr. Thingum Bob tat dieses.« Aber ich bin bescheiden und demütigen Herzens. Denn was ist es schließlich – jenes undefinierbare Etwas, das die Menschen »Genie« nennen? Ich gebe Buffon und Hogarth recht: im Grunde genommen ist es nur Fleiß.

Seht mich an! – wie ich arbeitete, wie ich schuftete, wie ich schrieb. Schrieb ich vielleicht nicht, o Götter? Das Wort »Muße« war mir unbekannt. Bei Tage klebte ich an meinem Pult, und bei Nacht arbeitete ich, blaß und überwacht, beim Scheine des Öllämpchens, noch um Mitternacht. Ihr solltet mich damals gesehen haben. Ich stützte mich rechts auf, ich stützte mich links auf, ich stützte mich nach vorn auf beide Ellenbogen. Ich lehnte mich zurück. Ich saß »*tête baissée*« (wie es bei den Kickapoos heißt) und neigte meinen Kopf dicht auf das alabasterweiße Papier. Und bei alledem – ich schrieb, schrieb. Bei Freude und bei Schmerz – ich schrieb. Bei Hunger und Durst – ich schrieb. Bei guten Erzählungen und schlechten Nachrichten – ich schrieb. Bei Sonnenschein, bei Mondschein – ich schrieb. Was ich schrieb, tut nichts zur Sache. Der Stil ist das Wesentliche. Ich verdanke ihn Meister Fettquaker – st! st! – und hier habt ihr ein Pröbchen davon.

Biographie

1809 *19. Januar:* Edgar Allan Poe wird als zweites von drei Kindern in Boston geboren, wo seine Eltern, David und Elizabeth Arnold Poe, Schauspieler in einer Theatergruppe sind. David Poe, Sohn eines irischen Revolutionären und Kriegspatrioten, verläßt bald die Familie.

1811 *8. Dezember:* Seine Mutter stirbt in Richmond, Virginia. Die Kinder, William Henry, Edgar und Rosalie, werden von verschiedenen Adoptiveltern erzogen. Edgar wird im Haus von Frances und John Allan aufgenommen, einem erfolgreichen, in Schottland geborenen Tabakhändler. Obwohl nicht gesetzlich von dem kinderlosen Ehepaar angenommen, wird er in Edgar Allan umgetauft und als ihr »Sohn« aufgezogen.

1815 John Allan plant, eine Filiale im Ausland zu öffnen, und zieht mit seiner Familie für einen kurzen Zeitraum nach Schottland und dann nach London.

1818 Edgar wird Student an der Mannor House Schule im Stoke Newington Viertel des kleinstädtischen London.

1820 *Juli:* Die Familie Allan kommt nach Richmond zurück, wo Edgar seinen Unterricht an privaten Akademien fortsetzt. Er dichtet Verssatiren in Verspaaren, die heutzutage alle verlorengegangen sind, außer »O, Tempora! O, Mores!«. Er vergöttert Jane Stanard, die Mutter eines Schulfreundes, die er später als »the first, purely ideal love of my soul« bezeichnet und als Inspiration zum 1831 geschriebenen lyrischen Gedicht »To Helen« verwendet.

1824 Die Firma von Allan wird aufgelöst.

1825 Nach dem Tod eines Onkels erbt Allan ein Vermögen und kauft sich ein Haus im modischen Viertel der Stadt.

Edgar verlobt sich mit Elmira Royster trotz starker Einwände seitens der beiden Familien.

1826 Er geht an die Universität von Virginia und zeichnet sich in alten und modernen Sprachen aus. Poe findet Allans Unterhaltsgeld ungenügend, um seine Unterhaltskosten zu decken. Er fängt an, Glücksspiele zu spielen und verliert dabei $2,000. Allan lehnt die Bezahlung seiner Schulden ab und Poe kehrt nach Richmond zurück, um zu erfahren, dass es den Roysters gelungen ist, seine Verlobung zu annullieren.

1827 *März*: Er verläßt den Haushalt trotz Frances Allans Anstrengungen auf Versöhnung. Er segelt nach Boston unter dem Decknamen »Henri Le Rennet«.

Mai: Er meldet sich zur Armee als »Edgar A. Perry«, der sein Alter als 22 und seine Beschäftigung als »clerk« angibt, und wird einem Küstenartillerieregiment an Fort Independence im Bostoner Hafen zugewiesen. Er überzeugt einen jungen Drucker, sein erstes Buch, »Tamerlane and Another Poems«, unterschrieben »by a Bostonian«, zu veröffentlichen, ein dünnes Bändchen, das ohne Resonanz bleibt.

November: Poes Einheit wird zu Fort Moultrie, South Carolina, verlegt.

1828 Nach einer Serie von Beförderungen erreicht Poe den Rang des Oberfeldwebels und bittet John Allan um Hilfe bei der Erhaltung einer Stelle an der Militärakademie in West Point.

1829 *28. Februar*: Frances Allan stirbt, und Poe, ehrenvoll von seiner Militärpflicht entbunden, wohnt mit verschiedenen Verwandten in Baltimore. Während er eine Antwort von West Point erwartet, bittet er Allan schriftlich um Geld, um einen zweiten Band von Gedichten zu finanzieren.

Dezember: Allan verweigert seine Hilfe, aber »Al Aaraaf, Tamerlane and Minor Poems« werden unter Poes eigenem Namen bei Hatch & Dunning von Baltimore veröffentlicht.

1830 *Mai:* Poe tritt in die Militärakademie in West Point ein; er zeichnet sich in Fremdsprachen aus und ist populär unter den die Offiziere verspottenden Kadetten für seine komischen Verse.

Oktober: John Allan heiratet wieder und bald danach zerbricht seine Beziehung zu Poe. Poe verweigert absichtlich die Ausführung der Befehle, um von der Akademie gewiesen zu werden.

1831 *Januar:* Er wird vor das Kriegsgericht gestellt und infolgedessen ausgewiesen.

Februar: Er geht nach New York. Mit von seinen Kadettenkollegen gespendetem Vermögen schließt er mit einem Verlag einen Vertrag für »Poems: Second Edition« ab, der »U.S.A. Kadetteneinheit« gewidmet.

In Baltimore wohnt er zusammen mit seiner Tante väterlicherseits, Maria Clemm, und ihrer acht Jahre alten Tochter Virginia.

August: Poes Bruder William Henry stirbt.

Poe reicht fünf Erzählungen für einen vom Philadelphia »Saturday Courier« geförderten Wettstreit ein; keine gewinnt, aber alle werden im »Courier« im Folgejahr veröffentlicht.

1832 Er schreibt sechs Erzählungen, und hofft, diese mit den fünf »Courier« –Erzählungen als »Tales of the Folio Club« zu veröffentlichen.

1833 *Sommer:* Er reicht diese Erzählungen für einen vom Baltimore »Saturday Visiter« organisierten Wettstreit ein; »MS. Found in a Bottle« bekommt den ersten Preis von $50, und »The Coliseum« bekommt den zweiten Preis im

Dichtungswettbewerb.

Oktober: Beide erscheinen im »Visiter«.

1834 *Januar:* Seine Erzählung »The Visionary« erscheint in einer Ausgabe des »Godey's Lady's Book«, Poes erste Veröffentlichung in einem Journal von weiter Verbreitung.

März: John Allan stirbt; obwohl legitime und uneheliche Kinder in seinem Willen erwähnt werden, wird Poe ignoriert. John P. Kennedy, ein Richter im »Visiter«-Wettstreit, empfiehlt Poe an Thomas W. White weiter, den Verleger von »Southern Literary Messenger«.

1835 *März:* Er schreibt Erzählungen, Buchbesprechungen, und »Hans Phaall«, seine erste lange Erzählung. Er lehnt eine Einladung zum Abendessen von Kennedy ab, der ihm daraufhin Geld leiht.

Juli: Großmutter Elizabeth Poe stirbt.

August: Poe geht nach Richmond.

Thomas W. White stellt ihn als redaktionellen Assistenten und Buchrezensenten des »Messenger« ein.

September: Poe kehrt nach Baltimore zurück. White schreibt Poe mit der Warnung, daß sein weiteres Trinken ihn seine Stelle beim »Messenger« kosten wird.

Oktober: Poe kommt nach Richmond mit Virginia und Frau Clemm zurück, und im Dezember bietet White ihm die Redaktion der jetzt gedeihenden Zeitschrift an.

Dezember: Er veröffentlicht im »Messenger« erste Szenen seiner nie abgeschlossenen Blankverstragödie »Politian«.

1836 *Mai:* Er heiratet Virginia Clemm, kurz vor ihrem vierzehnten Geburtstag. Er schreibt über achtzig Besprechungen für den »Messenger«, einschließlich zwei sehr günstige über Charles Dickens, und druckt seine Erzählungen und Gedichte, oft mit Überarbeitungen. Trotz der Hilfe von White und James Kirke Paulding mißlingt der Versuch, einen Verlag für die »Folio-Club« –Erzählungen zu finden.

1837 *Januar:* Diskussionen mit White über Gehalt und redaktionelle Unabhängigkeit führen zu Poes Rücktritt beim »Messenger«.

Er bringt seine Familie nach New York, um einen Arbeitsplatz zu suchen, ist aber nicht in der Lage, eine Stelle in einer Redaktion zu finden. Er veröffentlicht Gedichte und Erzählungen, einschließlich »Ligeia«; er setzt die Arbeit an »Arthur Gordon Pym« fort.

1838 *Juli:* Harper bringt »The Narrative of Arthur Gordon Pym« heraus. Poe bringt seine Familie nach Philadelphia. Er arbeitet freiberuflich, aber arm und ohne eine Stelle in einer Redaktion zu finden, überlegt er, seine literarische Arbeit aufzugeben.

1839 Er fängt an, die erste Serie von Lösungen zu den Kryptogrammen in »Alexander's Weekly Messenger« zu veröffentlichen. Er bietet seine redaktionellen Dienste »Gentleman's Magazine« an. Er schreibt die meisten Besprechungen für jede Monatsausgabe; frühe Beiträge beinhalten auch »The Fall of the House of Usher« und »William Wilson«.

Spät im Jahr: »Tales of the Grotesque and Arabesque« (2 Bände) wird von Lea und Blanchard in Philadelphia veröffentlicht, einschließlich aller fünfundzwanzig bis zu jener Zeit geschriebenen Erzählungen.

1840 *Januar:* Eine Veröffentlichung in Fortsetzungen des nicht unterschriebenen »Journal of Julius Rodman« beginnt in »Gentleman's Magazine«, die Publikation der langen Erzählung endet aber nach einem Streit mit Burton, dem Besitzer der Zeitschrift, unvollständig im Juni.

November: George Graham kauft Burton's »Gentleman's Magazine«, und verbindet es mit seinem »The Casket«

zum »Graham's Magazine«.

Dezember: Poe schreibt »The Man of the Crowd«.

1841 *April:* Poe wird Redakteur von »Graham's Magazine«; er verfaßt »The Murders in the Rue Morgue«. Anschließend schreibt er neue Erzählungen und Gedichte, eine Serie von Artikeln zur Kryptographie und andere zur Autographie.

Jahresende: Die Abonnements von »Graham's« vervierfachen sich. Poe erkundigt sich nach einer Stelle in der Tyler-Verwaltung.

1842 *Januar:* Virginia platzt ein Blutgefäß, während sie singt. Sie ist dem Sterben nahe und erholt sich niemals völlig. Poe trifft Charles Dickens.

Frühjahr: Poes Beiträge beinhalten »The Masque of the Red Death«, eine lobende Besprechung von Hawthornes »Twice-Told Tales« in »Graham's«, und einen Artikel in der »Saturday Evening Post«.

Mai: Er tritt von »Graham's« zurück, und wird von Rufus Wilmot Griswold abgelöst (dem späteren literarischen Testamentsvollstrecker von Poe).

Er arbeitet an einer neuen, revidierten zweibändigen Sammlung von Erzählungen mit dem Namen »Phantasy-Pieces«.

Herbst: Seine Veröffentlichungen schließen »The Pit and the Pendulum« ein.

1843 Poe wird von James Russell Lowell dazu eingeladen, regelmäßig zu seiner neuen Zeitschrift »The Pioneer« beizutragen; »The Tell-Tale Heart«, »Lenore«, und ein später »The Rationale of Verse« betitelter Essay erscheinen dort, aber die Zeitschrift geht nach drei Ausgaben pleite.

Er geht nach Washington D.C. zum Vorstellungsgespräch für eine minderwertige Stelle in der Tyler-Verwaltung und um Abonnements für sein eigenes Journal, jetzt »The Stylus« genannt, anzubieten. Er betrinkt sich und ruiniert so seine Chancen auf die Stelle; Freunde müssen ihn bei seiner Rückkehr nach Philadelphia zum Zug tragen.

Juni: »The Gold-Bug« gewinnt den 100 Dollar Preis in dem Wettstreit eines »Dollar-Newspaper« aus Philadelphia und ist sofort erfolgreich; vielfache Nachdrucke von der Erzählung und einer dramatisierten Version machen Poe berühmt.

Juli: Die erste und einzige Ausgabe einer Broschürenserie, »The Prose Romances of Edgar A. Poe«, er scheint, einschließlich »The Murders in the Rue Morgue« und »The Man That Was Used Up«. Bei seiner Rückkehr nach Philadelphia befreundet er sich mit dem Schriftsteller George Lippard.

November: Poe fängt eine Vortragsreihe über »Poets and Poetry of America« an. Die Herbstveröffentlichungen schließen mit »The Black Cat« ab.

1844 Er zieht nach New York City, wo sein erfolgreiches Werk, das eine Ballonfahrt über dem Atlantik beschreibt, in der New Yorker »Sun« erscheint und wo sein Ruhm wächst.

Oktober: Er schließt sich dem Stab des New Yorker »Evening Mirror« an und schreibt Artikel über den literarischen Markt, über zeitgenössische Verfasser und die Mängel im internationalen Copyrightgesetz.

November: Er fängt eine »Marginalia« –Serie im »Democratic Review« an.

1845 *Januar:* »The Raven« erscheint im »Evening Mirror« und ist ein enormer populärer Erfolg bei der Kritik, mit vielen Neudrucken und Parodien.

Mai: Poe hält einen Vortrag zum Thema »Poets and Poetry of America« in New York.

Juli: Poe tritt der New Yorker Literaturgesellschaft bei und trifft Evert Duyckinck, der die zwölf als »Tales« von Wiley und Putnam veröffentlichten Erzählungen auswählt. Er beginnt für das »Broadway Journal« zu schreiben, wird dort Redakteur und bald danach, mit geliehenem Geld, sein Besitzer. Er druckt überarbeitete Versionen der meisten seiner Erzählungen und Gedichte dort nach und schreibt über sechzig literarische Essays und Rezensionen.

Oktober: Die negative Aufnahme seiner Lesung von »Al Aaraaf« am Boston Lyzeum schadet seinem Ruf, macht ihn aber auch berühmt. Im Herbst wird Virginias Krankheit akut.

November: Die gute Aufnahme des Bandes »Tales« vom Publikum ermutigt den Verlag, »The Raven and Other Poems« herauszubringen.

1846 *3. Januar:* Krankheit, starke Depression und wirtschaftliches Ungemach zwingen Poe, die Veröffentlichung des »Broadway Journal« zu stoppen.

Die Familie zieht nach einem Landhaus in Fordham, New York, um, wo Virginia, jetzt eine Halbinvalide, von Marie Louise Shew gepflegt wird. Todkrank das meiste Jahr, gelingt es Poe noch, »The Cask of Amontillado« und »The Philosophy of Composition« zu veröffentlichen und Buchrezensionen für »Godey's« sowie die »Marginalia« für »Graham's« und »Democratic Review« zu schreiben.

Mai: Er arbeitet an satirischen Skizzen für »The Literati of New York City« in »Godey's«. Er hört zum ersten Mal Gerüchte von seinem aufkommenden Ruhm in Frankreich, wo Übersetzungen und eine lange analytische Kritik von »Tales« erscheinen.

1847 *30. Januar:* Virginia stirbt.

Poe wird schwer krank und hat sein unproduktivstes Jahr.

Er wird gesundheitlich gepflegt von der treuen Mrs. Clemm und Mrs. Shew. Er sucht noch einmal finanzielle Unterstützung für eine literarische Zeitschrift; seine Versuche mißlingen. Sein zunehmendes Interesse an kosmologischen Theorien führt zu Vorbemerkungen für »Eureka«.

1848   Poe fängt das Jahr in besserer Gesundheit an. Er hält Vorträge und Lesungen, um Kapital für »The Stylus« zu sammeln.

Februar: Ein Vortrag über »The Universe« in New York City faßt das thematisch in »Eureka« ausgearbeitete Material zusammen.

Juni: »Eureka« wird von Putnam veröffentlicht. Während Poe in Lowell, Massachusetts, Lesungen hält, entwickelt er eine tiefe Zuneigung zu »Annie« (Nancy Richmond), die eine sehr enge Freundin wird; anschließend, auf Rhode Island, beginnt er eine Affäre mit der fünfundvierzigjährigen verwitweten Dichterin Sarah Helen Whitman, der er einen Heiratsantrag macht. Als sie die Antwort wegen Poes zügellosem Charakter verzögert, leidet er unter einer schweren Depression und nimmt nach einer Reise nach Providence eine Dosis Laudanum.

Dezember: Poe hält den Vortrag »The Poetical Principle« in Providence.

Er schreibt »The Bells«.

1849   *Früher Sommer:* Er geht nach Richmond, um Unterstützung für »The Stylus« im Süden zu suchen. Er bleibt in Philadelphia, krank, verwirrt, und angeblich an Verfolgungsmanie leidend; seine Freunde George Lippard und der Illustrator John Sartain kümmern sich um ihn, und Charles Burr kommt zu Hilfe nach Richmond. Während eines zweimonatigen Aufenthaltes in Richmond besucht er Schwester Rosalie, schließt sich der Temperance-Gesellschaft an und wird mit seiner Jugendzeitgeliebte Elmira Royster Shelton verlobt, jetzt eine Witwe. Möglicherweise mit der Absicht, Mrs. Clemm aus New York abzuholen, segelt Poe nach Baltimore.

Oktober: Dort wird er eine Woche nach seiner Ankunft halb bewußtlos und phantasierend vor einer Wahlkabine gefunden.

7. Oktober: Edgar Allan Poe stirbt an einer Gehirnerschütterung.

Lightning Source UK Ltd.
Milton Keynes UK
UKHW051301260521
384311UK00020B/427